Heinz-Peter Baecker • Blütenpracht

W0358680

Kontrast verlag

2. Auflage
© 2011
Copyright by
Kontrast Verlag
D-56291 Pfalzfeld
www.kontrast-verlag.com

Alle Rechte vorbehalten
Titelgestaltung: Hajo
Titelfoto: Firma Doppelmayr Seilbahnen GmbH
ISBN 978-3-941200-20-3

Heinz-Peter Baecker

Blütenpracht

Der BUGA-Krimi

Vorwort

Liebe Leserin, lieber Leser,
wer schon einmal einen meiner Thriller oder Krimis gelesen hat, weiß, dass meine Geschichten immer auf gut recherchierten Fakten beruhen und Personen, die real existieren, von mir auch so beschrieben werden, wie ich sie kenne oder kennengelernt habe.
In diesem Fall musste ich leider etwas von diesem Prinzip abweichen. Denn zur Zeit des Schreibens war die Bundesgartenschau noch in Planung und das bedeutet, es können sich bis zur Eröffnung noch viele Dinge ändern. Vielleicht findet der BUGA-Besucher an der Stelle wo ich Tulpen beschreibe Rosenbeete vor oder die Schlangen an den Eingängen sind noch länger, als ich sie mir ausgedacht habe. Vor allem gilt dies in Bezug auf die real existierenden Personen, wie zum Beispiel Hauptkommissar Fuß und seine Frau Erika. Sie schickte meine Fantasie in diesem Fall in Situationen, die es so nie gegeben hat und auch hoffentlich nie geben wird. Ich musste mir ihr Verhalten in solchen Situationen ausdenken und habe es bewusst überzeichnet. Sie mögen mir verzeihen, es diente einem hoffentlich für die Leser spannenden und unterhaltsamen Krimi.
Der Hintergrund des Falles, über den ich aus verständlichen Gründen vorab nicht sprechen möchte, ist jedoch exakt recherchiert und kann in der Literatur und im Internet nachgelesen werden.
Ihnen allen wünsche ich deshalb nur: viel Freude auf der BUGA, auf baldiges Wiedersehen in Koblenz und seiner reizvollen Umgebung und ... viel Spaß beim Lesen!

Heinz-Peter Baecker

1.

Der auffallend hagere Bernhard Liesenfeld blinzelte leicht verschlafen von seinem Sessel in dem kleinen Überwachungsraum der *BUGA*-Seilbahn am Koblenzer Rheinufer gegen die Morgensonne hinauf zur Festung Ehrenbreitstein auf der anderen Rheinseite und strich sich dabei über sein unrasiertes Kinn. Zusammen mit seinen beiden Kollegen Karl Breitbach und Ahmed Göktürk hatte er an diesem Vormittag Frühschicht und soeben die Seilbahn nahe dem Deutschen Eck, dem Zusammenfluss von Rhein und Mosel, pünktlich in Betrieb genommen. Zwar hatte die Bahn bereits im vergangenen Sommer Neugierige und Touristen hinauf zur Festung befördert, aber erst seit letztem Freitag verband sie das Ausstellungsgelände der Bundesgartenschau am Rheinufer mit dem Plateau auf der Festung gegenüber. Sofort drängten die ersten Besucher in freudiger Erwartung auf einen Tag einzigartiger botanischer Impressionen durch die Drehkreuze der Einlassautomaten. Fröhlich schwatzend bestiegen sie eine der vier in der Talstation befindlichen Panoramakabinen, die während des Einsteigens in langsamer Fahrt, nach dem automatischen Schließen der Türen rasch und fast lautlos über den Rhein zur Festung hinaufschwebten.

Ahmed, der Jüngste der drei, hatte den Frühdienst an der Einstiegsrampe der Seilbahn übernommen, während Karl noch im Überwachungsraum der Technik hinter Bernhard stand und geräuschvoll aus einem Pappbecher heißen Kaffee schlürfte. Er wartete darauf, dass erste Gäste talwärts kamen, da er am Vormittag an der Ausstiegsseite der Kabinen seinen Rampendienst verrichten und die Besucher zum Ausgang dirigieren würde. Bis dahin konnte es aber erfahrungsgemäß noch einige Zeit dauern.

„Schon die *Rhein-Zeitung* gelesen?“, frage er seinen Kollegen der sich gerade mit den Überwachungsmonitoren beschäftigte.

„Noch ... keine Zeit ... gehabt“, gähnte Bernhard, kniff dabei die Augen kurz vollends zusammen und reckte sich genüsslich.

Karl griff nach der Zeitung, die Bernhard von zu Hause mitgebracht hatte, und begann darin zu blättern. „Sind ja gestern wieder eine Menge Polit-Promis da gewesen“, meinte er beim Anblick der vielen Fotos im Bericht über den vergangenen *BUGA*-Tag. „Wundert mich, wo doch die Landtagswahlen vorbei sind. Nur uns fotografiert keine Sau.“

Bernhard lachte. „Dein Gesicht würde ja auch jede Linse sprengen. Das wäre dann Sachbeschädigung. Außerdem, Wahlen gibt's immer wieder und überall, nicht nur in Rheinland-Pfalz.“ Karl zeigte hinter dem Rücken seines Kollegen den Stinkefinger und blickte durch die offene Tür hinaus zum Kabineneinstieg, wo Ahmed gerade mit viel Geduld versuchte, eine uneinsichtige ältere *BUGA*-Besucherin zurückzuhalten, die unbedingt mit ihrem Rauhaardackel in die Seilbahnkabine einsteigen wollte. Das Mitführen von Hunden war jedoch grundsätzlich verboten.

„Da hab ich's heute einfacher“, grinste Karl, „beim Aussteigen gibt's darüber keine Diskussionen mehr.“ Dabei blätterte er zum Sportteil der Zeitung.

Bernhard drehte das kleine Kofferradio, das er sich gleich am ersten Arbeitstag vor einem knappen Jahr mitgebracht hatte, etwas lauter. Merkwürdig, früher hatte er sich kaum für Wetterberichte interessiert. Aber seit er hier bei der Seilbahn beschäftigt war, wollte er möglichst langfristig wissen, wie sich die Tage witterungsmäßig für ihn und den Publikumsandrang gestalten würden. Irgendwie fühlte er sich als ein wichtiges Rädchen im Getriebe für den reibungslosen Ablauf der jetzt gerade begonnenen 185 *BUGA*-Tage. Bernd Madlener vom *SWR-1-Wetterstudio* kündigte für den heutigen Tag äußerst angenehme Temperaturen an Rhein und Mosel an und auch in den nächsten Tage sollte ein Hoch für ganz Westeuropa wetterbestimmend sein. Zufrieden lehnte sich Bernhard in seinem Sessel zurück, streckte die Arme in die Luft und gähnte erneut.

„Hast wohl heute Nacht gelumpt?“, schielte der etwas füllige Karl über den Rand der Zeitung. „Wo hast du dich denn gestern Abend wieder rumgetrieben?“

Bernhard drehte sich um und verzog sein schmales Gesicht mit der etwas zu groß und lang geratenen Nase zu einer Grimasse. „Überhaupt nicht. Unsere Jüngste hatte gestern Abend und die ganze Nacht Zahnschmerzen. Sonst wären wir vielleicht bei dem schönen Wetter noch etwas rausgegangen, rauf zum Kühkopf. So haben wir das Kind getröstet und nur Fernsehen geguckt. Aber es gab den ganzen Abend nur Wiederholungen ...“

„Was macht Ahmed denn da draußen?“, rief Karl, der zufällig einen Blick aus der offenen Leitstandtür geworfen hatte, erstaunt aus und deutete mit dem Kopf zur Einstiegsrampe hinüber.

Bernhard folgte der Kopfbewegung seines Kollegen. Ahmed stand mit gespreizten Armen und Beinen wie ein großes X in der offenen Tür einer Kabine und machte merkwürdig hektische Kopfbewegungen zum Überwachungsraum hin. Ein Bild zum Kringeln, hätten sich in seinem Gesichtsausdruck nicht Schrecken und Angst widergespiegelt. Von einem weiblichen

BUGA-Gast auf der Rampe war im gleichen Moment ein fast hysterischer Aufschrei zu hören. Und auch unter den anderen Wartenden herrschte plötzlich eine unübersehbare Unruhe.

„Da ist was passiert!“ Karl ließ die Zeitung fallen und rannte, so schnell er konnte, die Treppe hinunter in Richtung Rampe, während Bernhard instinktiv den roten Notstoppknopf der Seilbahnanlage betätigte. Durch die große Glasscheibe vor ihm konnte er sehen, wie die Kabinen über dem Rhein ruckartig anhielten und dabei leicht hin und her schwankten. Dann stand auch er auf und stellte sich in die Tür, um besser sehen zu können, was sich nur wenige Meter von ihm entfernt abspielte. Karl und Ahmed sprachen aufgeregt miteinander. Dann drehte sich Karl wieder zu Bernhard hinüber und schrie mit einer weit ausholenden Armbewegung: „Weiterfahren lassen, schnell, weiter, weiter!“ Gleichzeitig drängte er einige einsteigewillige Fahrgäste mit großem Körpereinsatz zurück.

Obwohl Bernhard nicht wusste, warum Karl auf ein Weiterfahren drängte, kehrte er zu seinem Schaltpult zurück und startete den Antriebsmotor wieder. Dabei beobachtete er, dass Ahmed beim automatischen Schließen der Panoramakabine darin blieb, während Karl hastig die Metalltreppe zum Überwachungsraum hinaufgeeilt kam.

„Scheiße! In der Kabine liegt ein Toter!“, keuchte er. „Wir müssen die Polizei rufen und die Seilbahn nochmals anhalten, bevor die Kabine oben ankommt und auch der Bergstation Bescheid sagen. Nun mach schon!“

„Ein Toter?“, wiederholte Bernhard ungläubig. „Wie soll denn der ...“ Er hob sich die Frage für später auf und tippte hastig die Nummer des Polizei-Notrufs ein.

„Machen Sie die Festbeleuchtung und die Musik aus!“, knurrte Kriminalhauptkommissar Wilfried Rindsfüßer, der von allen nur „Fuß“ gerufen wurde, richtete sich unwirsch im Beifahrersitz auf, in den er sich trotz seiner knapp zwei Meter Körpergröße fast eingerollt hatte. Es war gestern Abend wieder etwas spät geworden in seiner Straußwirtschaft. Er begann sein Gesicht zu kneten, wie er es immer tat, wenn er nachdachte oder schlecht gelaunt war. Heute war er schlecht gelaunt: ein Toter am frühen Morgen und dann noch zu Beginn der Bundesgartenschau in der Seilbahn! Er musste sich nicht ausmalen, was das bedeutete …

Kriminalhauptmeisterin Liane Esser, die am Steuer des Zivilfahrzeugs saß, schaltete, wie von ihrem Chef befohlen, das Martinshorn aus und holte das Blaulicht ein. Fuß hatte recht. Eine Ankunft mit Trara würde in dem beginnenden Ansturm auf das *BUGA*-Gelände unter den vielen Gästen nur unnötige Unruhe, vielleicht sogar Panik auslösen. Deshalb hatte Fuß auch sofort nach Erhalt der Notruf-Meldung noch vom Polizeipräsidium aus über Funk die gleiche Anweisung an die herbeigerufenen Streifenwagen gegeben und sich persönlich mit dem Überwachungsraum der Seilbahn-Talstation verbinden lassen. „Ihr Mitarbeiter in der Gondel soll sofort mit Klebeband und Papier die Fenster zukleben und auf keinen Fall an den Stationen die Tür öffnen. Sagen Sie ihm, er darf auch nichts an der Leiche verändern, sie nicht einmal berühren. Haben Sie das verstanden?“

Liane hatte ihren Chef wieder einmal bewundert, wie schnell er sich in unerwartete Situationen hineindenken und die richtigen und weitsichtigen Anweisungen erteilen konnte. Sie überquerten mit dem Fahrzeug die Kastorpfaffenstraße und fuhren in den Kastorhof ein, der unmittelbar zum Rhein und zur Talstation der Seilbahn führte. Für die knapp hundert Meter bis zur Talstation brauchten sie allerdings fast zwei Minuten, da es in der Menschenmenge der zum *BUGA*-Gelände drängenden Besucher kaum möglich war, eine ausreichend breite Gasse freizumachen. Zu groß war inzwischen bereits der Ansturm geworden.

Zufrieden stellte Fuß fest, dass sich die Streifenkollegen an seine Anweisungen gehalten hatten. Recht unauffällig standen die zwei Polizeifahrzeuge neben dem Ausgang der Talstation und alles schien friedlich und normal.

Fuß und Liane stellten ihr Fahrzeug neben einen der Streifenwagen und stiegen aus.

„Wird das jetzt zu einem Privatparkplatz der Polizei?“, krächzte ein alter Mann mit hochrotem Kopf und Strohhut, verständnislos den Kopf schüttelnd, nachdem er auf dem Armaturenbrett das eingeholte Blaulicht entdeckt hatte. „Oder habt ihr Angst, wir klauen euch die Blümchen?“

Ohne den Mann zu beachten, steuerten Fuß und Liane, so gut es in der Menschenmasse ging, auf den uniformierten Kollegen am Ausgang der Seilbahnanlage zu, der die beiden bereits entdeckt hatte und sie zu sich winkte. Er ermöglichte ihnen den Zutritt auf der Ausgangsseite zum Seilbahngelände. Zwei weitere Beamte hatten sich auf der im Halbkreis angelegten Ein- und Ausstiegsrampe platziert und beobachteten lediglich das Geschehen, um notfalls eingreifen zu können. Fuß und Liane überquerten den Seilbahnvorplatz und stiegen die Treppe zum Überwachungsraum hinauf, wo sie auf einen vierten Beamten stießen. Er hatte bereits erste Informationen bei Bernhard eingeholt, der einerseits geschockt vom Vorfall war, andererseits plötzlich das Gefühl von Wichtigkeit hatte.

„Der Tote macht gerade seine vierte Runde in der Kabine und tritt gleich wieder den Rückweg nach unten an“, informierte er die Ankömmlinge und deutete dabei auf die Festung und die Monitore.

„Sagen Sie mir kurz etwas zum aktuellen Geschehen und dann zum allgemeinen Ablauf“, forderte ihn Fuß routinemäßig auf.

Der überschlanke Mann zog etwas hilflos die Schultern hoch, wobei sich sein Jackett wie auf einem Bügel bewegte. „Viel kann ich Ihnen nicht sagen. Karl, das ist der Mann da unten“, er deutete zur offenen Tür hinaus, wo Karl die Aufgabe von Ahmed übernommen hatte, „und ich haben nur beobachtet, wie unser Kollege, der jetzt in der Kabine dauernd mit der Leiche rauf und runter fährt, plötzlich den Zugang zu einer der Kabinen versperrte und uns mit dem Kopf wie wild Zeichen machte ...“

„Wer ist Ahmed?“

„Ahmed hatte heute Morgen Rampendienst beim Einsteigen in die Kabinen, den eben jetzt Karl übernommen hat, und ist seitdem mit dem Toten unterwegs, rauf und runter.“ Vor Aufregung merkte er nicht, dass er sich wiederholte. „Scheiße ... Oben die Kollegen der Bergstation haben ihm auf Ihre Anweisung hin, rasch Klebeband und ’ne Menge Papier in die Kabine reingegeben. Eigentlich müsste Karl jetzt drüben beim Ausstieg seinen Dienst tun ..., aber gleich kommt noch eine Kollegin. Außerdem habe ich schon zusätzlichen Ersatz angefordert. Ich weiß doch auch nicht, was alles zu tun ist ...“ Er blickte recht hilflos auf seine Armbanduhr. „Der andere Kollege müsste jeden Moment hier eintreffen.“

Fuß beugte sich zum Fenster vor, aus dem man die komplette Seilbahn bis hinauf zur Festung überblicken konnte, und schaute nach oben. „Wie lange braucht die Gondel mit dem Toten bis sie hier unten ankommt?“

„Noch etwa zwei Minuten.“

Fuß machte Liane ein Zeichen, ihm zu folgen.

Draußen hatten sich vor den vier Kontrollautomaten für die Fahrkarten bereits lange Schlangen gebildet. „Bleiben Sie hier stehen“, befahl Fuß. „Auf mein Zeichen hin stoppen Sie den ganzen Zirkus und lassen niemanden mehr durch, bis ich in der Gondel mit der Leiche bin und wir wieder ...“ Er streckte die flache Hand langsam aus und deutete damit das Hinaufschweben der Kabine an.

Liane nickte und sah hinter ihrem Chef her, der auf einen der beiden uniformierten Beamten an der Rampe zuging. Obwohl es nicht ihr erster großer Einsatz war, hatte sie immer noch Angst, etwas falsch zu machen. Vor allem bei dem Anblick der vielen *BUGA*-Besucher, die zum Einlass drängten.

„Polizeimeister Holzener“, stellte sich der Uniformierte dem Hauptkommissar kurz vor. „Zum Glück hat bisher keiner gefragt, warum die Tür der einen Kabine bei der Durchfahrt nicht geöffnet wird.“

„Bleiben Sie zusammen mit Ihren Kollegen weiterhin hier unten. Es wird wohl noch einige Zeit dauern, bis die Kollegen von der Spurensicherung kommen. So lange muss die Leiche in der Gondel liegen bleiben. Der Arme hat jetzt ja auch nichts Besseres mehr vor“, brummte Fuß.

Beide warfen suchend einen Blick hinauf zu den heruntergleitenden Panoramakabinen. Keiner der *BUGA*-Besucher würde bei diesem Anblick einen Toten darin vermuten. An den Scheiben der übernächsten Kabine waren deutlich aufgeklebte Seiten aus einer Zeitung und zum Teil auch braunes Packpapier zu erkennen.

„Kommen Sie, wir gehen rüber auf die Ausstiegseite, da kann ich unauffälliger zusteigen." Fuß machte Liane das verabredete Zeichen, die sich sofort mit ihren ein Meter sechzig, einem leichten innerlichen Zittern vor Aufregung, aber strahlendem Lächeln dem Besucherstrom an den Einlassautomaten in den Weg stellte.

„Bitte haben Sie Verständnis, aber es handelt sich um eine Routinemaßnahme. Wir erwarten in Kürze wieder einmal prominenten Besuch auf dem *BUGA*-Gelände. Die nächste Kabine kann deshalb nicht benutzt werden. Haben Sie bitte etwas Geduld."

Doch schon war von hinten ein lautes und ungeduldiges „Warum geht das denn nicht weiter?!" zu hören. Durch diesen Zuruf wurde der zweite Streifenbeamte auf Liane aufmerksam und kam ihr zu Hilfe geeilt. Augenzwinkernd und von den Besuchern abgewandt wiederholte Liane den Spruch von der Routinekontrolle. Der junge, etwas schlaksig wirkende Blondschopf verstand sofort, nickte und stellte sich breitbeinig neben Liane. Lautstark wiederholte auch er nochmals den Hinweis, sodass auch die Hinteren in der Warteschlange die Information mitbekommen konnten.

Mit einem großen Schritt war Fuß in der Kabine, als die Tür per Hand von einem kreidebleichen Ahmed geöffnet wurde. Er zog sie sofort wieder zu, sodass die Kabine beim Einschwenken in den Bereich der Einstiegsrampe bereits wieder geschlossen war.

Der Tote lag, mit dem Gesicht nach unten, quer auf dem Boden, als ob er beim Einsteigen gestolpert und hingeschlagen wäre. Rechts und links in Höhe der Hüfte breitete sich eine große tiefrote Blutlache aus. Fuß zog Latex-Handschuhe aus seiner Jackentasche, streifte sie über, ging in die Hocke und beugte sich vorsichtig über die Leiche. Behutsam schob er die Kapuze des grauen Sweatshirts, die sich beim Sturz über den Kopf geschoben hatte, etwas beiseite. Das Gesicht des Mannes, soweit es dabei zum Vorschein kam, machte auf ihn einen südländischen Eindruck: eine mittelbraune Hautfarbe, tiefschwarze, lockige Haare. Auch unter dem Kopf hatte sich eine Blutlache gebildet, die nicht nur vom Aufschlagen des Kopfes auf den Boden herrühren konnte, sondern wahrscheinlich durch Blut aus Mund und Nase entstanden war.

„Kennen Sie den Mann?“ Fuß drehte den Kopf zu dem *BUGA*-Mitarbeiter, der zitternd gegen eine der zugeklebten Scheiben gelehnt stand.

Ahmed schüttelte nur wortlos den Kopf. Am liebsten wäre er gar nicht in der Kabine mitgefahren. Aber jemand hatte ja auf Anordnung der Polizei die riesigen Fenster der Panoramakabine zukleben müssen und die Kollegen der Bergstation hatten nicht lange diskutiert und ihm nur während der langsamen Durchfahrt rasch das Papier dafür reingereicht. Was war ihm also anderes übrig geblieben?

„Hat sich der Mann noch bewegt oder etwas gesagt?“

Wieder schüttelte Ahmed den Kopf und wandte seinen Blick von der Leiche ab. Kotzelend war ihm. So, wie nach dem schweren Erdbeben in der Türkei, bei dem er seinen Bruder verloren hatte. Der Tote hier in der Kabine hatte ihn sofort an das damals Erlebte erinnert. Sein Bruder hatte fast genauso dagelegen, nur dass sich auf seinem Rücken ein schweres Mauerteil befunden hatte und sein Gesicht voller Sand und Staub gewesen war. Wochenlang hatte dieser Anblick Ahmed verfolgt und jetzt flammte er wieder in ihm auf.

„Kann ich ... kann ich dann ... aussteigen?“, erkundigte er sich mit brüchiger Stimme bei dem Hauptkommissar.

Fuß richtete sich auf, nahm aus seiner Innentasche einen kleinen Block und einen Kugelschreiber und reichte Ahmed beides. „Schreiben Sie mir Ihren Namen auf und wie und wann ich Sie erreichen kann.“

Hastig kritzelte Ahmed das Gewünschte auf die aufgeschlagene Seite des Blocks. „Heute gehe ich heim, nur weg, ganz schnell heim.“

„Klar! Aber morgen müssen wir uns sehen.“ Fuß warf einen Blick auf das Geschriebene. „Ich rufe Sie an!“

Inzwischen war die Kabine offenbar oben auf der Bergstation angekommen, denn die Fahrt verlangsamte sich und draußen waren laute Stimmen zu hören.

„Kann ich?“, flehte Ahmed und zitterte dabei so stark, dass Fuß ihn am liebsten in die Arme genommen und getröstet hätte.

„Hier oben?“, wunderte sich der Hauptkommissar. Als er ein kurzes Nicken ausmachen konnte, packte er den gut einen Kopf kleineren, schmächtigen Türken an der Schulter, öffnete rasch mit der anderen Hand die Tür einen schmalen Spalt und schob das Häufchen Elend hindurch. Dann zog er die Tür ebenso rasch wieder zu und setzte sich auf eine der Bänke. Von hier aus betrachtete er die Leiche. Er schätzte das Alter des Mannes auf Mitte zwanzig und die Körpergröße auf einen Meter siebzig bis fünfundsiebzig. Aber das würde sein Kollege Wilfried Schäfer von der Spurensicherung alles genauestens festhalten.

Hauptkommissar Fuß war neben seiner inzwischen über dreißigjährigen Tätigkeit bei der Koblenzer Kriminalpolizei Nebenerwerbswinzer in Alken an der Mosel, etwa fünfundzwanzig Kilometer von Koblenz entfernt. Gestern Abend noch hatte er in seiner Straußwirtschaft auf Befragung von Gästen lautstark verkündet, dass das erste *BUGA*-Wochenende der Kripo außer ein paar unbedeutenden Taschendiebstählen und Zechprellereien keine zusätzliche Belastung gebracht habe. Und nun, kaum zehn Stunden später, saß er vor einer Leiche. Vielleicht hatte der Tod des Mannes auch gar nichts mit der *BUGA* zu tun, aber das würde sich erst im Laufe der Ermittlungen herausstellen. Trotzdem, dieser Ermordete – in Anbetracht der Situation und der Blutlache ging Fuß von einem Mord aus – würde natürlich in den Medien als die *BUGA*-Leiche bezeichnet werden. Dessen war er sich sicher. Umso mehr galt es, den Fall auf kleiner Flamme zu halten. Wichtig für ihn und seine Erstermittlungen war nun, möglichst schnell und sicher festzustellen, wie, wann und wo genau der Mann umgebracht worden war. Dann erst konnte er nach dem Motiv und dem oder den Tätern suchen.

Nach diesen Überlegungen zog er sein Handy aus der Tasche und wählte die Nummer seines Kollegen Schäfer, der sich wahrscheinlich bereits auf dem Weg zur Seilbahntalstation befand. Zu seiner Überraschung meldete sich dieser sogar bereits aus dem Überwachungsraum der Talstation.

„Da staunst du?! Wir sind schneller als mancher denkt", begrüßte ihn Schäfer, eine ausgesprochene Frohnatur, den kaum etwas erschüttern konnte. Schäfer und Fuß arbeiteten schon viele Jahre gern zusammen und verstanden sich bestens, meist sogar ohne viele Worte. Es genügte oft sogar nur ein Blick, eine kaum sichtbare Bewegung und manches Mal wusste der eine einfach ohne jeden Hinweis, was der andere dachte und wollte.

„Stell dich an den Ausstieg der Gondeln, ich kann nicht rausblicken, weil alle Scheiben zugeklebt sind. Aber wir müssen in knapp einer Minute unten sein.

„Okay, wir machen uns auf den Weg. Ich klopfe an die Tür, wenn wir vor der Kabine stehen.“

Fuß steckte sein Handy wieder ein und wandte sich erneut dem Toten zu. Dadurch, dass die Tür seit dem Auffinden der Leiche immer nur ganz kurz geöffnet worden war und inzwischen die Sonne auf die zugeklebten Scheiben brannte, hatte sich in der Kabine ein immer stärker werdender, äußerst unangenehmer Geruch entwickelt. Fuß hasste diesen Gestank und er hasste solche Situationen. Schon längst hätte er das Handtuch bei der Mordkommission geschmissen, wäre da nicht sein privater Ausgleich als Winzer. In diesen Momenten sehnte er sich nach seinen Weinbergen, der frischen Luft und dem leichten Wind in den Steilhängen an der Mosel. Heute Abend, nahm er sich fest vor, würde er sich als Érstes dorthin begeben, noch bevor er nach Hause und in die Straußwirtschaft ging, wo sich sicherlich bei dieser Witterung wieder mehr Gäste eingefunden hatten als Plätze vorhanden waren.

Mit einem Mal hatte er das Gefühl, die Talstation erreicht zu haben. Die Fahrt hatte sich verlangsamt und es rumpelte auch ein wenig. Noch bevor er sich von der Sitzbank erhoben hatte, klopfte es auch schon an der Tür. Vorsichtig schob Fuß sie mit beiden Händen auf. Bepackt mit drei Koffern und einem Metallkasten, den sie gemeinsam trugen, standen Kriminalhauptkommissar Schäfer und Polizeiobermeister Franz Erasmus vor ihm auf der Rampe. Während die Kabine sich langsam weiterbewegte, stiegen die Spurensicherer ein und Fuß schloss rasch wieder die Tür, gerade noch rechtzeitig bevor die Einstiegsrampenseite erreicht war.

„Frischluft, wo bist du?“, rief Schäfer sofort aus und begann sich in der Kabine umzusehen. „Nach Fingerabdrücken und dergleichen brauchen wir hier, glaube ich, nicht zu suchen. Davon wird es zu viele geben.“

Er nahm eine Videokamera aus einem der Koffer und begann den Fundort der Leiche festzuhalten. Franz Erasmus holte die Fotokamera und die Zahlentäfelchen aus einer anderen Tasche und wartete ab, bis Schäfer mit der Videoaufzeichnung fertig war. Dann begann er einige der Täfelchen auf Anweisung von Schäfer aufzustellen und Details zu fotografieren.

„Wird für die Jahreszeit ein verdammt heißer Tag heute“, meinte Schäfer zu Fuß gewandt, der wieder auf einer der Bänke Platz genommen hatte.

„Hast du schon einen dieser Geier entdeckt?“, wollte Fuß wissen. Anders konnte er die Vielzahl der Fotografen und Journalisten nicht bezeichnen, die immer dann auftauchen, wenn es Mord und Totschlag gegeben hatte. Es gab nur ganz wenige Medienvertreter, mit denen er vernünftig zusammenarbeiten konnte und die ihn auch niemals zitierten und somit aufs Kreuz legten, wenn er mal wieder seiner Meinung über den Zustand bei der Polizei und die Zusammenarbeit innerhalb der Behörden freien Lauf gelassen hatte. Und wenn er in diesem Moment die zu erwartenden Ermittlungen und das damit verbundene Medieninteresse richtig einschätzte, dann war es mal wieder so weit: Die Geier würden alle Äußerungen von ihm oder seinen Kollegen auflagenträchtig interpretieren.

Den Geräuschen draußen nach zu urteilen, hatten sie inzwischen wieder die Bergstation erreicht. Schäfer und Erasmus begannen vorsichtig die Leiche umzudrehen. Zum Vorschein kam eine Verletzung am Bauch, die Schäfer recht schnell als einen oder mehrere Messerstiche identifizierte. Erasmus machte eifrig weitere Fotos.

„Ein gewisser Bashkim Haneche, Kosovo-Albaner aus Pristina“, entnahm Schäfer dem in der Seitentasche des Sweatshirts gefundenen Pass. „Jahrgang zweiundachtzig.“ Als Nächstes öffnete er ein Portemonnaie und durchsuchte die kleinen Fächer hinter der Kleingeldbörse. „Schätze, das sind knapp zweihundert Euro.“ Dann zog er ein paar Zettel aus dem hinteren Fach. Es handelte sich um die Taxiquittung eines Koblenzer Unternehmens, mit dem Datum vom selben Tag, und eine Visitenkarte mit der Aufschrift: *Ilja Sagkra, Internationales Handelskontor Balusa, 1160 Wien, 16. Bezirk, Ottakringer Straße 121*

„Sonst noch was?“, schaute Fuß seinen Kollegen etwas enttäuscht an.

„Ein paar schöne Fotos.“ Schäfer betrachtete die bereits recht abgegriffenen und teils verblichenen Farbfotos, die sich in der Klappe hinter der Geldbörse befanden. Zwei Fotos zeigten eine junge Frau mit einem kleinen Kind auf dem Arm, zwei weitere Fotos ein älteres Ehepaar mit einem jungen Mann. Offenbar die Eltern des Toten, der vor ihm lag. Ein fünftes und letztes Foto zeigte, wie derselbe junge Mann in Uniform stolz eine Maschinenpistole in die Luft hielt. Dem Gesicht nach zu urteilen, war das Foto aber schon ein paar Jahre alt.

„Eintüten“, befahl Schäfer und hielt Erasmus die Geldbörse hin, nachdem er alles wieder zurückgesteckt hatte. „Was machen wir jetzt mit ihm?“, fragte er Fuß, ergänzte dann aber schnell: „Der muss in die Gerichtsmedizin. Aber wollen wir jetzt einen Leichenwagen an einer der Stationen vorfahren lassen? Ohne Aufsehen bei den *BUGA*-Besuchern ist das nicht zu schaffen und dann haben wir direkt die Presse am Hals.“

„Scheiße!“, reagierte Fuß. „Uns bleibt auch nichts erspart. Aber wir können die Leiche auch nicht bis nach Feierabend hier in der Gondel rauf und runter kutschieren lassen.“

Der gut einen Kopf kleinere Schäfer setzte sich ratlos neben Fuß. „Also, was machen wir?“

Fuß begann sein Gesicht zu kneten, das dabei noch mehr Ähnlichkeit mit Gerd Fröbe in der Maske des Räubers Hotzenplotz aus dem gleichnamigen Kinderfilm bekam. Nach knapp einer Minute Kneten schaute er Schäfer schelmisch lächelnd von der Seite an. „Ich hätte da eine Idee ...“

Eine gute Stunde später meldete sich Bernhard Liesenfeld vom Überwachungsraum aus über die Lautsprecher der Kabinen bei den Fahrgästen.

„Liebe Besucher der *BUGA*, liebe Seilbahngäste. Sie werden in wenigen Minuten eine Sicherheitsübung miterleben dürfen. Bitte bewahren Sie absolute Ruhe. Wir werden in Kürze die Seilbahn für einige Minuten anhalten. In dieser Zeit findet eine routinemäßige Übung des Luftrettungsdienstes der Bundeswehr statt, wobei aus einer der über dem Rhein schwebenden Kabinen eine Person abgeseilt wird. Diese Übungen dienen für den Ernstfall zur Sicherheit aller Fahrgäste. Bitte haben Sie Verständnis für diese routinemäßige Übung.“

Kaum hatte Bernhard Liesenfeld die von der Polizei mit der *BUGA*-Leitung und den Verantwortlichen der Seilbahn abgestimmte Durchsage vorgelesen, war von Nordwesten her bereits das Knattern eines heranfliegenden Hubschraubers zu hören und von den Seilbahninsassen auch durch die riesigen Panoramafenster zu sehen.

Der Hubschrauber bog kurz vor dem Kaiser-Wilhelm-Denkmal am Deutschen Eck ab und steuerte in gebührendem Abstand auf die in der Luft inzwischen angehaltenen Kabinen zu. Auf einem kleinen Umweg über die Leitstelle hielt Schäfer Kontakt zu dem Hubschrauber und wies den Piloten an, die Kabine mit den zugeklebten Scheiben von der anderen, der südlichen Seite her anzufliegen, da man dort die Aktion wesentlich schlechter von den anderen Kabinen und dem Boden aus beobachten konnte.

Nach einem zweimaligen Überkreisen setzte schließlich die Bell UH-1D der SAR-Staffel des Bundeswehrlazaretts in Koblenz zu der Aktion an. Etwa dreißig Meter über der Kabine, in der sich die Kripobeamten mit der Leiche befanden, blieb der Hubschrauber in der Luft stehen, während sich ein Luftrettungssanitäter mit einer Trage zu der inzwischen geöffneten Tür abseilen ließ. Mit Unterstützung von Fuß und Erasmus schwang er sich in die Kabine und zog die Trage hinter sich herein. Ein deutliches Schwanken der Kabine war zu spüren, aber die Leitstelle hatte ihnen versichert, dass es sich hierbei tatsächlich um eine vielfach geübte Maßnahme handele und sowohl Pilot als auch Besatzung große Erfahrungen diesbezüglich besaßen.

Gemeinsam hievte man die Leiche auf die schmale Trage, deckte sie mit mitgeführten Tüchern ab und band sie mit Riemen auf der Trage fest.

„Achtung! Die Trage kommt!“, funkte der Rettungssanitäter zu seinem Piloten nach oben. Er gab Fuß und Erasmus noch eine kurze Anweisung, ihm beim Ausladen der Trage behilflich zu sein. Im gleichen Moment straffte sich das Seil der Winde schon und gemeinsam schoben sie die Trage ins Freie. Gleichmäßig und ohne Probleme entschwand sie nach oben.

Von den anderen Seilbahnkabinen und dem Rheinufer aus konnten alle beobachten, wie die Trage oben in den Hubschrauber eingeholt wurde und wenig später das Seil wieder nach unten ging, um den Sanitäter abzuholen.

Von unten war lauter Beifall für die gelungene Übung zu hören, als Fuß die Tür der Kabine nach der Aktion wieder schloss. Endlich war auch etwas Frischluft in die Kabine gedrungen.

„Jetzt brauchen wir noch ein Putzkommando. Aber das hat bis heute Abend Zeit“, meinte Schäfer nachdem es draußen wieder still geworden war und die Seilbahn sich mit einem deutlichen Ruck in Bewegung gesetzt hatte.

Fuß stellte sich triumphierend vor seinen etwas drahtigeren Kollegen. „Na, war meine Idee gut?“

„Das wird sich morgen zeigen, wenn dir der Präsident etwas bezüglich der Kosten erzählt.“

Fuß winkte ab. „Gefahr im Verzug! Was hätte das unten am Rheinufer oder oben auf der Festung für ein Aufsehen und Negativimage für die *BUGA* gegeben ...“

Schäfer begann zu lachen und klopfte seinem Kollegen auf die Schulter. „War nur ein Scherz. Du bist der Größte.“

2.

Nicht nur im Koblenzer Rathaus rund um den Schängel-Brunnen, ein weiteres Wahrzeichen der Stadt neben dem Deutschen Eck und der Festung Ehrenbreitstein, herrschte seit dem Eintreffen der Nachricht vom Auffinden eines Toten in der Seilbahn spürbare Nervosität und Krisenstimmung. Eine Leiche in einer Kabine der so viel beworbenen Seilbahn der Bundesgartenschau war ein heißes Thema für die Medien und in der Öffentlichkeit. Es galt also, so schnell wie möglich allen Spekulationen und Gerüchten entgegenzusteuern. Oberbürgermeister Professor Doktor Hofmann-Göttig hatte die Verantwortlichen der *BUGA* sofort zu einem Gespräch und auch die beiden Pressesprecher des Polizeipräsidiums um eine Teilnahme gebeten.

Im Besprechungsraum, unweit des Büros von Hofmann-Göttig, hatte man rasch Thermoskannen mit Kaffee und Tee, verschiedene Säfte und kleines Gebäck vorbereitet und wartete nun zusammen mit dem Pressesprecher der Stadt ungeduldig auf das Erscheinen der geladenen Teilnehmer.

Als Erster erschien der Geschäftsführer der *BUGA* mit seiner Assistentin und der Pressesprecherin. Wenig später traf Ralf Schomisch, einer der Pressesprecher des Polizeipräsidiums, ein. Er entschuldigte seinen Kollegen Helmut Zirfas, der an diesem Tag im Präsidium unabkömmlich sei. Als Letzter traf, vom Oberbürgermeister begleitet, ein Vertreter der Verantwortlichen für den Seilbahnbetrieb ein.

„Wir warten noch auf den zuständigen Beamten der Kriminalpolizei, um die bisherigen Ergebnisse der Ermittlungen aus erster Hand zu erfahren", eröffnete Hofmann-Göttig die Sitzung. „Bis dahin können wir uns schon einmal abstimmen, wie wir uns gegenüber den Medien und der Öffentlichkeit im Allgemeinen äußern ..."

In diesem Moment wurde er durch ein unüberhörbares Klopfen an der Tür unterbrochen. Hauptkommissar Fuß betrat mit Liane Esser den Raum. Der Oberbürgermeister, der am Kopfende des Tisches und damit in unmittelbarer Nähe der Tür saß, stand auf, begrüßte die beiden und bot ihnen die noch freien Plätze am anderen Ende des Tisches an.

„Da die Polizei nun früher als erwartet zugegen ist, können wir vielleicht doch mit dem Bericht über den Stand der bisherigen Ermittlungen beginnen.“

Fuß faltete seine großen Hände auf der Tischplatte ineinander, räusperte sich kurz und blickte dabei abschätzend in die Runde. In solchen Situationen war er aufgrund gemachter Erfahrungen immer äußerst vorsichtig. Denn oftmals drangen allzu schnell vertrauliche Informationen auch aus solch hoch angesiedelten Gremien ungewollt, manches Mal sogar bewusst, an die Öffentlichkeit. Er hatte sich deshalb schon auf der Hinfahrt genau überlegt, was er sagen wollte und, vor allem, was nicht.

„Also viel gibt es ja noch nicht zu berichten“, begann er zögernd und blätterte in seinem kleinen, reichlich ramponierten Notizbüchlein, das er aus der Innentasche seines Jacketts gezogen hatte. „Der Notruf erreichte uns genau um neun Uhr vier. Ich habe daraufhin die Mitarbeiter in dem Überwachungsraum angewiesen, die Seilbahn in Betrieb zu halten, aber die Scheiben in der Gondel mit Papier zuzukleben und die Tür an den Stationen geschlossen zu lassen.“ Er blickte auf und wunderte sich, dass keiner am Tisch sich über seine Eigenmächtigkeit empörte. Bei allen Anwesenden saß der Schock offenbar sehr tief. „Meine Mitarbeiterin und ich sind kurz vor neun Uhr dreißig an der Talstation eingetroffen, wo sich bereits vier Streifenbeamte aufhielten, die vorsorglich das Objekt absicherten und uns bei der Organisation hilfreich zur Seite standen.“

Es folgte eine kurze Übersicht über das, was sich anschließend abgespielt hatte. Einige Einzelheiten allerdings verschwieg Fuß bewusst. Darunter fielen das Herkunftsland des Toten, die gefundene Visitenkarte und dass man die Leiche aus Zeitgründen nicht in die Gerichtsmedizin nach Mainz sondern in die Pathologie des *Kemperhofs*, einer der großen Kliniken in Koblenz, hatte bringen lassen. Diese Informationen würde vorerst nur Schomisch, der Pressesprecher des Präsidiums, von ihm später in einem vertraulichen Gespräch erhalten.

„Danach ist es nur noch Aufgabe der Verantwortlichen der Seilbahn, die Kabine nach Feierabend gründlich zu säubern und zu lüften. Denn bis Feierabend fährt die Kabine immer noch zugeklebt und es stinkt erbärmlich darin. Wir haben deshalb die Anweisung gegeben, diese Gondel bis auf Weiteres nicht zum Einsatz zu bringen. Die Entscheidung hierzu liegt natürlich jetzt bei Ihnen. Die Gondel wurde von der Spurensicherung auf jeden Fall freigegeben."

Er schaute in die Runde, niemand schien eine Frage stellen zu wollen. Also fuhr er fort.

„Es gibt also bisher keinerlei Hinweise auf den oder die Täter oder ein Motiv. Ich möchte aber betonen, was für Sie alle vielleicht wichtig ist, dass es auch keinen Hinweis gibt, dass die Ermordung im Zusammenhang mit der Bundesgartenschau steht."

Am Nachmittag erfuhr Fuß von seinem Pressekollegen Schomisch, der der Sitzung bis zum Schluss beigewohnt hatte, dass man seitens der Stadt oder der *BUGA*-Gesellschaft vorerst keine Pressekonferenz veranstalten würde. Die jeweiligen Presseabteilungen würden nur auf ausdrückliche Anfrage ein Statement abgeben, das man vorsorglich gemeinsam zum Abschluss der Sitzung formuliert hatte. Darin war, laut Schomisch, zwar vom Auffinden eines Toten die Rede, aber kein Wort über einen Mord, sondern nur der nichtssagende Hinweis, die Kriminalpolizei habe, wie bei solchen Vorkommnissen üblich, die Leiche zur Obduktion überführt.

„Wenn das mal gut geht!", stöhnte Fuß sofort. Er gab Schomisch die zurückgehaltenen Informationen und teilte ihm mit, dass er am späten Nachmittag in die Pathologie fahren würde, um Näheres zu den Messerstichen und dem Zeitpunkt der Ermordung zu erfahren. „Schäfer meint, das war ein Frischling, Todeszeitpunkt zwischen acht Uhr dreißig und neun Uhr. Er ist zurzeit noch auf dem Festungsplateau, um dort nach Blutspuren oder anderen Hinweisen zu suchen. Aber bei dem Besucherandrang ist wohl kaum mit einem eindeutigen oder griffigen Resultat zu rechnen ... meint er."

Nach dem Telefonat beauftragte Fuß Liane, den Taxifahrer ausfindig zu machen, dessen Quittung man in der Brieftasche des Toten gefunden hatte und Näheres über diesen Ilja Sagkra herauszubekommen. Er selbst beschloss, sich erst einmal zwei Freistunden zu nehmen, damit Überstunden abzuarbeiten und in die Metro zu fahren, um für seine Frau Erika ein paar Dinge einzukaufen, die in der Küche der Straußwirtschaft knapp geworden waren.

Als er, leicht genervt durch das lange Schlangestehen an der Metro-Kasse, wieder im Präsidium auftauchte, strahlte ihm Liane entgegen.

„Der Taxifahrer heißt Konrad Ernst und ist bereits auf dem Weg hierher und dieser Sagkra stammt ebenfalls aus dem ehemaligen Ostblock, doch wahrscheinlich nicht aus dem Kosovo, sondern aus Albanien oder Montenegro. Wir bekommen aber spätestens morgen einen Rückruf von den Wiener Kollegen in Österreich."

„Kennen Sie außer Wien in Österreich noch ein anderes?", frotzelte Fuß grinsend.

Lianes Gesichtsfarbe änderte sich schlagartig in ein Schamrot, die Freude über das Ergebnis ihrer Arbeit war wie weggeblasen, obwohl sie sich sicher war, dass die Bemerkung für Fuß typisch, aber nicht verletzend gemeint war. Zum Glück läutete ihr Telefon. Die Pforte meldete die Ankunft des Taxifahrers.

„Ich hole ihn ab", erklärte Liane, froh, für kurze Zeit das Büro verlassen zu können.

Fuß war ans Fenster getreten und schaute hinunter auf den einsetzenden Feierabendverkehr, der jetzt auch noch durch die Autolawinen der Touristen und vor allem der Busse während der Bundesgartenschau verschärft wurde.

Wie lange konnten sie den Mord wohl verheimlichen? Hoffentlich verplapperte sich Liane nicht schon auf dem Weg hinauf ins Büro bei dem Taxifahrer. Er ärgerte sich, sie nicht darauf hingewiesen zu haben, den Mund zu halten.

Als Konrad Ernst auf dem Stuhl vor Fuß' Schreibtisch Platz genommen hatte, stellte sich aber sehr schnell heraus, dass Liane offenbar nichts ausgeplaudert hatte.

Zunächst nahm Fuß die Personalien seines Gegenübers auf und begann dann mit der Befragung, indem er die eingetütete Taxiquittung vor seinen Besucher legte.

„Das ist doch Ihre Unterschrift?"

Ernst, ein recht kleiner und hagerer Endfünfziger mit Halbglatze und schwarzer Hornbrille, betrachtete kurz die Quittung und nickte. „Stammt von mir, von heute Morgen."

„Wo haben Sie den Mann abgeholt?"

Ernst schüttelte den Kopf. „Das waren zwei Personen. Ich würde sagen, ein Ehepaar. Aber sie sprachen nicht deutsch und auch keine gängige Sprache wie Englisch, Französisch, Italienisch, Holl..."

„Wo haben Sie die beiden abgeholt", wiederholte Fuß seine Frage, bevor ihm der Mann alle ihm bekannten Sprachen dieser Welt, die er nicht verstand, aufgezählt hatte.

„Das war draußen beim *Etap-Hotel* im Gewerbegebiet Mülheim-Kärlich. Wir sind dann zuerst zum Hauptbahnhof gefahren, dort haben die beiden einen Koffer aufgegeben, und dann rauf nach Ehrenbreitstein über den Felsenweg. Oben hat der Mann irgendeinen Ausweis oder Ähnliches vorgezeigt und dann sind wir bis zum *Restaurant Ferrari* gefahren. Das hat mich zwar gewundert, weil das doch um diese Uhrzeit noch geschlossen hat."

„Wann war das?"

Ernst zuckte kurz mit den Schultern. „Abgeholt habe ich die beiden um sieben Uhr. Mit dem Umweg über den Bahnhof, dem Warten dort ... schätze ich, dass wir gegen acht Uhr auf der Festung waren. Auf der Pfaffendorfer Brücke haben wir ziemlich lange im Stau gestanden."

„Haben Sie gesehen, in welche Richtung sich die beiden oben auf der Festung bewegt haben?"

Ernst schüttelte sofort den Kopf. „Nee, ich hatte über Funk einen anderen Stich bekommen, der zufällig unten in Ehrenbreitstein losging. Da habe ich gesehen, dass ich schnell wieder wegkam."

„Können Sie die beiden beschreiben?"

Diesmal nickte der Taxifahrer. Fuß machte Liane ein Zeichen mitzuschreiben.

„Also, der Mann war etwa Mitte zwanzig, trug so einen dünnen Pullover mit Kapuze, wie ihn die jungen Leute heute tragen. Grau glaube ich oder blau. Außerdem hatte er Turnschuhe an und eine Jeans. Eigentlich passte die Frau gar nicht zu ihm. Sie war deutlich älter und üppig geschminkt. Schätze mal so über vierzig, eher elegant gekleidet. Sie trug ein Kopftuch und Sonnebrille und so einen beigen Wettermantel und ...", er musste bei dem Gedanken lachen, „... unheimlich hohe Absätze, auf denen sie kaum laufen konnte." Er versuchte die Höhe mit Daumen und Zeigefinger zu verdeutlichen. Aber die Spanne seiner kurzen Wurstfinger reichte nicht aus, deshalb nahm er auch noch die andere Hand zur Hilfe. „Als die zum Bahnhof ging, habe ich ständig befürchtet, die knickt mit dem Fuß um und dann geht's ab ins Krankenhaus."

„Was war das für ein Koffer?"

Der Taxifahrer zuckte mit den Schultern. „Halt ein Koffer, ein mittelgroßer Schalenkoffer ... blau glaube ich."

Fuß stand auf, ging an dem Taxifahrer vorbei zu Liane und flüsterte ihr ins Ohr. „Gehen Sie ins Büro nebenan telefonieren und geben Sie die Beschreibung der Frau an die Bundespolizei im Bahnhof durch. Außerdem veranlassen Sie alles Nötige, damit Leute von uns so schnell wie möglich die Gepäckaufbewahrung beobachten. Wenn die Frau auftaucht, ist sie sofort hier vorzuführen." Er blickte auf seine Armbanduhr. „Vielleicht haben wir ja noch Glück."

Liane verließ rasch das Büro und Fuß widmete sich wieder dem Taxifahrer. Leider hatte er von Schäfer noch kein Foto des Toten erhalten. Aber die Beschreibung reichte ihm im Moment völlig aus. Außerdem war das Risiko viel zu groß, dass der Taxifahrer wegen der Vorladung und Befragung Zusammenhänge mit dem Toten ahnte, wenn morgen etwas über die „Übung" der Bundeswehr in den Zeitungen stand. Manchmal zogen auch Laien ungewollt die richtigen Schlüsse und plauderten sie dann wahllos aus.

Auf dem Heimweg fuhr Fuß wie geplant bei der Pathologie im Klinikum *Kemperhof* vorbei. Doktor Schneider, ein älterer Pathologe mit jahrelanger Erfahrung, begrüßte Fuß mit der auch aus Fernsehkrimis bekannten Bemerkung „Viel kann man im Moment noch nicht sagen."

„Dann will ich das wenige hören", brummte Fuß und tat mit einem deutlich vernehmbaren Schnauben seinen Unmut kund.

„Wir verlassen uns bezüglich der Raum- und Körpertemperatur auf die Angaben Ihrer Spurensicherung, da ja kein Arzt vor Ort war. Danach ist der Mann, wie Ihr Kollege auch schon vermutet hat, zwischen acht Uhr dreißig und neun Uhr gestorben, eher neun Uhr. Wir konnten insgesamt drei Messerstiche feststellen, die innerhalb weniger Minuten zum Verbluten führten."

„Also könnte es sein, dass der Mann niedergestochen wurde, in die Gondel flüchtete und dann auf der etwa vier Minuten langen Abfahrt von der Berg- zur Talstation verblutet ist?"

„So minutengenau kann Ihnen das keiner sagen. Vielleicht hätte er, unten angekommen und sofort von einem Notarzt versorgt, noch überlebt. Aber in Anbetracht der mir bekannten Umstände und dem, was wahrscheinlich morgen in der Zeitung zu lesen ist ..."

Wenn jetzt schon Pathologen in ihre Überlegungen mögliche Zeitungsberichte einbezogen! Fuß unterbrach Doktor Schneider recht unwirsch. „Also wäre meine Theorie möglich oder ist der Gedanke abwegig?"

Doktor Schneider musterte Fuß beleidigt von oben bis unten bevor er ein leises „Ja" von sich gab und sich der Leiche auf dem Obduktionstisch zuwandte. „Die Verletzung an der Stirn stammt eindeutig von dem Sturz. Dem Mageninhalt nach hat der Mann etwa eine Stunde zuvor gefrühstückt. Mehr kann ich Ihnen also im Moment wirklich nicht sagen."

Mehr hatte Fuß eigentlich auch nicht erwartet. Er verabschiedete sich mit einem kurzen Kopfnicken. Vielleicht hatte ja Schäfer an der Bergstation weitere Hinweise zum Ablauf gefunden.

Eine gute Viertelstunde später stieg er aus seinem Wagen und schlenderte langsam den holprigen Weg zu seinem Weinberg hinauf. Vom Westen her wehte ein leichter Wind durch das Moseltal. Die Sonne war zwar bereits untergegangen, aber der Himmel leuchtete hinter den geschwungenen Bergen der Eifel immer noch tiefrot. Als er die ersten Weinstöcke erreicht hatte, ließ er sich auf dem noch warmen Schieferboden nieder und schloss für einige Minuten die Augen. Er genoss den typischen Duft der Weinberge hier an der Mosel, ein Gemisch von erdigem Schieferboden und dem leicht würzigen Geruch der Rebstöcke. Wie eine Schlange häutete er sich dabei von den Ereignissen des Tages und genoss die frische Abendluft. Niemand, der ihn hier so sitzen sah, würde ahnen, dass dieser Mann es im Hauptberuf mit Räubern, Mördern und Leichen zu tun hatte.

Seine Gedanken waren plötzlich nicht mehr die eines Kriminalbeamten, sondern die des Moselwinzers, der bemüht war, einen ehrlichen Wein entstehen zu lassen. Wenn die Witterung so blieb, würde es wieder einen guten Jahrgang geben. Sobald die Frühjahrssaison der Straußwirtschaft vorbei war, hatte er vor mit Erika zu Freunden nach Griechenland zu fliegen. Fast wäre er über die traumhaft schönen Erinnerungen an den letzten Griechenlandbesuch eingenickt, hätte nicht plötzlich der Luftzug des Flügelschlagens einer Schleiereule ihn in die Wirklichkeit zurückgeholt.

Erschrocken öffnete er die Augen. Die Dunkelheit hatte sich rasch ausgebreitet. Fast überall in dem unter ihm liegenden Alken brannten jetzt Lichter und auf der Mosel steuerte das Ausflugsschiff *Goldstück* seinen Heimathafen an. Erika würde sicherlich schon seit geraumer Zeit auf ihn warten, vielleicht brauchte sie etwas von dem, was er in der Metro gekauft hatte. Er holte noch einmal tief Luft und blickte hinauf in den immer noch rötlich gefärbten Abendhimmel. Dann stand er auf und ging zu seinem Fahrzeug zurück.

„Verdammte Scheiße!" Die massige Faust des Hauptkommissars landete lautstark auf der unschuldigen Tischplatte, die seine Frau Erika gerade zum Frühstück eindeckte. Erschrocken wich sie einen Schritt zurück und blickte ihren Mann wütend an.

„Was ist denn jetzt schon wieder los?"

Fuß raffte die aufgeschlagenen Seiten der *Rhein-Zeitung* zusammen und hielt sie seiner Frau entgegen. „Das ist los!"

Toter in BUGA-Seilbahn lautete die fette Überschrift, gefolgt von der Unterzeile *Als Übung getarnt: Leiche heimlich aus der Kabine geholt*. Daneben gab es zwei Fotos. Das eine, offensichtlich von einem *BUGA*-Besucher mit einem Handy aufgenommen, zeigte Ahmed Göktürk in dem Moment, als er mit ausgestreckten Armen und gespreizten Beinen den Zugang zur Kabine versperrte. Trotzdem konnte man deutlich einen menschlichen Körper auf dem Boden der Kabine liegen sehen, der auf dem Bild mit einem Kreis verdeutlicht wurde. Das zweite Foto stammte von Godehard Juraschek, einem Berufsfotografen, der in Koblenz ein eigenes Fotostudio betrieb und auch für die *RZ* arbeitete. Es zeigte den Moment, als die zugedeckte Leiche von der Seilbahnkabine hinauf in den Hubschrauber gezogen wurde.

Der Text in der Zeitung kam der Realität erstaunlich nahe. Offenbar hatte der *BUGA*-Gast mit dem Handy beim Anblick, der sich ihm zufällig am Morgen an der Einstiegsrampe der Seilbahn bot, die richtigen Rückschlüsse gezogen und sofort einen kleinen Nebenverdienst gewittert. Damit waren alle Bemühungen hinter den Kulissen mit einem Schlag zunichtegemacht. Ab sofort würde die *BUGA*-Leiche überall Thema Nummer eins sein.

„Aber, dafür kannst du doch nichts“, betrachtete Erika den Sachverhalt nüchtern und deckte weiter den Frühstückstisch. Doch Fuß war der Appetit vergangen. Er musste so schnell wie möglich ins Präsidium, wo sicherlich schon die Drähte heiß liefen.

„Nur einen Schluck Kaffee“, bat er und hielt seiner Frau die leere Tasse hin. Erika, die wusste, dass es jetzt keinen Zweck hatte, Widerspruch zu erheben und zu versuchen, ihren Mann zu beruhigen, eilte in die Küche und kam mit der Kaffeekanne zurück. „Verbrenn dir nicht das Maul, der ist heiß!“

Die Befürchtungen von Fuß wurden bereits im Aufzug des Polizeipräsidiums übertroffen.

„Toller Gag ... wenn er funktioniert hätte“, lästerte ein Kollege grinsend als Fuß den Aufzug betrat.

„Hat er aber nicht“, amüsierte sich eine ältere Kollegin und strahlte Fuß schadenfroh an.

Fuß biss die Zähne zusammen. Es hatte keinen Zweck sich zu wehren, hier musste einfach erst einmal die Luft rausgelassen werden. Ohne die beiden eines Blickes zu würdigen, verließ er nach kurzer Fahrt wieder den Aufzug und eilte in sein Büro.

„Der Präsident hat bereits angerufen. Sie sollen sofort nach oben kommen“, begrüßte ihn Liane. Ihre Gesichtshaut war blass bis auf die feuerroten Bäckchen, die wahrscheinlich von ihrer Erregung herrührten.

„Der soll mich ...“ Fuß drehte sich auf dem Absatz um und verließ sein Büro wieder. Eigentlich hatte er ein sehr gutes Verhältnis zu Horst Eckhardt, dem Präsidenten, und er wusste in ihm auch einen äußerst fairen und vernünftigen Gesprächspartner vorzufinden. Er wusste aber auch, wie es war, wenn man aus allen Richtungen Druck bekam. Und den hatte sein oberster Chef seit dem Erscheinen der Zeitung mit Sicherheit von vielen Seiten.

Die Unterredung dauerte nur knapp eine Viertelstunde und verlief in unerwartet lockerer Atmosphäre. Eckhardt lobte die Idee von Fuß, die Leiche möglichst unauffällig aus der Kabine zu bekommen, sah sich aber jetzt zu einer offeneren Polizeiarbeit verpflichtet. Man werde im Laufe des Vormittags zusammen mit der Staatsanwaltschaft eine Pressekonferenz abhalten und die sofortige Bildung einer Sonderkommission ankündigen.

Mit dieser Entscheidung verließ der Hauptkommissar die obere Etage wieder und eilte in sein Büro zurück, wo Schäfer bereits auf ihn wartete.

„Ich hoffe, du bringst uns etwas Futter für die Geier. Es soll heute eine Pressekonferenz geben und da will Eckhardt nicht nur die *RZ* vorlesen, sondern auch noch etwas anderes erzählen, was von uns kommt.“

„Kann er. Zirfas ist bereits informiert und auf dem Weg hierher ... das mit der *RZ*-Veröffentlichung konnte natürlich niemand ahnen. Aber heute sollte man eben mit so etwas rechnen, daran muss man sich gewöhnen."

Schäfer nahm auf dem Stuhl vor Fuß' Schreibtisch Platz, während dieser wieder nachdenklich aus dem Fenster blickte.

„Wir werden eine Soko bilden. Ich werde gleich Ewalt und Weberknecht anrufen. Das dürfte vorerst reichen."

Kriminalhauptkommissar Ewalt ging auf die fünfzig zu und hatte vor zwei Jahren den Mord am Schängel-Brunnen aufgeklärt, der ebenfalls großen Wirbel in den Medien hervorgerufen hatte. Er galt als ausgeglichen und humorvoll, was er auch durch sein Aussehen dokumentierte. Seine auffallend kurzen, lockigen Haare versteckte er meist unter einem breitrandigen Hut und seine lustigen Augen hinter einer dunklen Sonnenbrille. Ewalt war geschieden, hatte zwei erwachsene Kinder. Die Tochter studierte in Mainz und sein Sohn lebte in Vallendar, wo er an der *Wissenschaftlichen Hochschule für Unternehmensführung*, kurz *WHU* genannt, dozierte. Er war mit einer Französin verheiratet und hatte einen kleinen Sohn.

Oberkommissar Oskar Weberknecht war erst vor Kurzem nach Koblenz versetzt worden und im Präsidium unter den Kollegen noch recht unbekannt. Er kam aus Trier, wo er sich in erster Linie mit der Aufklärung eines umfangreichen Falles, bei dem es um Kunstdiebstahl und Fälschungen von Gemälden und Skulpturen ging, einen Namen gemacht hatte. Er war schlank, um nicht zu sagen dürr, und hatte etwa die Zwei-Meter-Größe von Fuß, wirkte aber größer.

Bereits mit dem Anklopfen öffnete sich die Tür und der zweite Pressesprecher des Präsidiums, Helmut Zirfas, stürzte ins Büro. „Habe nicht viel Zeit ... Ihr wisst, Pressekonferenz um elf Uhr."

„Deshalb warten wir hier auf dich!", lästerte Fuß, setzte sich an seinen Schreibtisch und schaute Schäfer erwartungsvoll an. „Dann leg mal los."

Schäfer schlug die Beine übereinander und klappte seinen mitgebrachten Schnellhefter auf. „Wir haben also bei der Bergstation oben auf Ehrenbreitstein trotz der Menschenmassen, die dort oben gewesen sind, noch hinreichend Blutspuren gefunden und diese mit dem Blut des Toten abgeglichen. Sie stammen eindeutig von ihm. Die Messerstiche müssen ihm unmittelbar am Eingang zur Bergstation zugefügt worden sein, vielleicht stand er sogar bereits hinter dem Drehkreuz des Einlassautomaten. Die Spuren davor könnten aber auch durch die *BUGA*-Besucher über die Schuhsohlen verursacht worden sein. Auf jeden Fall muss er sehr schnell die Kabine der Sesselbahn angesteuert haben, ich würde sagen fluchtartig. Die Blutstropfen, die wir ausfindig machen konnten, deuten durch ihren Abstand darauf hin. Er ist dann ganz offensichtlich in der Kabine sofort zusammengebrochen."

„Aber das alles muss doch jemand gesehen haben?", warf Zirfas ein.

Schäfer blickte auf und nickte. „Wir haben uns auch darüber gewundert. Aber die Situation morgens ist folgende: Die erste Zeit nach Inbetriebnahme der Seilbahn fährt kaum jemand talabwärts, praktisch niemand. Ist ja auch logisch. Dementsprechend ist das Seilbahnpersonal gerade in den ersten Minuten nicht auf die Rampe fixiert. Erst, wenn die ersten besetzten Kabinen oben ankommen, beginnt für sie die Arbeit. Ich persönlich habe alle befragt, keiner will etwas bemerkt oder gesehen haben. Mit Inbetriebnahme der Seilbahn öffnen sich automatisch die Türen der vier auf der Bergstation befindlichen Kabinen. Wir wissen natürlich nicht, in welche der Ermordete hineingestürzt ist, vermutlich aber in eine der beiden ersten, wenn wir uns an dem Verlauf der vorgefundenen Blutspur auf dem Boden orientieren."

„Na, bravo! Das ist ja alles nicht allzu viel", stöhnte Fuß und blickte zu Liane hinüber. „Hat sich etwas mit der Bundespolizei am Bahnhof ergeben?"

„Die haben sich bisher nicht gemeldet. Aber ich kann ja gleich einmal nachfragen." Sie nahm den Telefonhörer in die Hand und wählte.

Kurze Zeit später stand fest, dass die Fahndung nach der Frau bisher erfolglos geblieben war. Allerdings wussten natürlich alle, dass zwischen dem Einschließen des Koffers und dem Beginn der Observation der Schließfächer etliche Zeit verstrichen war. „Die Schließfächer werden aber weiterhin beobachtet", erklärte Liane.

„Das ist trotzdem alles nicht viel", beklagte sich Zirfas. „Da muss ich wohl noch einiges stricken."

„Erwähnt mir nur ja nicht diesen Wiener Handelsfritzen. Von der Frau könnt ihr ruhig berichten und sie auch beschreiben. Vielleicht meldet sich daraufhin jemand, der sie, außer dem Taxifahrer, noch gesehen hat. Irgendwie muss sie ja schließlich wieder von Ehrenbreitstein runtergekommen sein."

„Wo hat er die beiden denn abgeholt?", wollte Zirfas wissen.

Fuß sprang von seinem Sessel auf und schlug sich klatschend gegen die Stirn. „Das Hotel ...!"

Kaum zwanzig Minuten später fuhr der Hauptkommissar mit quietschenden Reifen vor dem *Etap-Hotel* in Mülheim-Kärlich vor. Eine junge Frau begrüßte ihn freundlich am Empfang.

Fuß hielt ihr seinen Dienstausweis entgegen. „Es geht um eine Frau und einen jungen Mann, die zumindest von vorgestern auf gestern hier übernachtet haben. Dazu bräuchte ich die Namen und Adressen."

Die Frau schaute ihn etwas unschlüssig an. „Ich weiß nicht, ob ich so einfach ..."

„Schon gut. Überlegen Sie ... entweder Sie geben mir jetzt die gewünschte Auskunft und wir gewinnen bei den kriminalpolizeilichen Ermittlungen Zeit oder ich komme in einer Stunde mit einem richterlichen Beschluss und dann müssen Sie mir die Auskünfte sowieso geben."

„Darf ich Ihren Dienstausweis kopieren?"

Genervt reichte Fuß ihr seinen Ausweis. Während sie diesen kopierte, begann er bereits anhand von Liane Notizen vom Vortag mit der Personenbeschreibung.

„Sie können sich den Rest sparen", unterbrach sie ihn. „Ich weiß, wen Sie meinen." Sie loggte sich kurz in das Computerprogramm ein und las dann vom Bildschirm ab. „Der Gast heißt Bashkim Haneche und wohnt seit mehreren Wochen bei uns." Sie schaute kurz auf. „Heute, muss ich gestehen, habe ich ihn allerdings noch nicht gesehen."

„Das ist auch schwer möglich", brummte Fuß ungeduldig. „Weiter ...!"

Etwas irritiert blickte die Frau wieder auf den Bildschirm. „Als Adresse habe ich Azem Jashanica sechsundzwanzig, Arberia/Dragodan, Pristina."

Fuß beugte sich vor, um die Adresse korrekt vom Bildschirm abschreiben zu können. „Und was ist mit der Frau?"

„Die Frau kannte ich nicht. Es hat deswegen gestern Morgen etwas Ärger gegeben. Der Gast hatte sie wohl in der Nacht mit auf sein Zimmer genommen. Aufgefallen ist es zufällig wegen des Frühstücks. Er hat sich entschuldigt und anstandslos das zweite Frühstück bezahlt. Damit war für uns der Fall erledigt, denn der Zimmerpreis gilt sowieso für zwei Personen. Wollen Sie ihm eine Nachricht hinterlegen?"

„Das wird wenig Sinn haben", meinte Fuß trocken und achtete auf die Reaktion der Frau. „Der kommt nicht wieder, er ist tot."

Tatsächlich veränderte sich der Gesichtsausdruck der jungen Frau schlagartig. „Tot?", wiederholte sie leise. „Aber er hat doch ..."

„Was hat er?", horchte Fuß auf.

Die Frau schluckte. „Er hat das Zimmer doch bis Ende des Monats bezahlt."

„Gut zu wissen! Dann sagen Sie mir seine Zimmernummer. Ich werde die Tür versiegeln und schicke Ihnen die Spurensicherung. Stellen Sie sicher, dass niemand das Siegel bricht!"

„Sie glauben ..." Die junge Frau schien die überraschenden Neuigkeiten noch nicht ganz begriffen zu haben. Der junge Mann hatte einen sehr seriösen und netten Eindruck bei ihr hinterlassen. Er war stets höflich und freundlich gewesen.

Fuß lief zu seinem Wagen, holte ein Siegel aus dem Handschuhfach und kehrte ins Hotel zurück. Das Zimmer befand sich parterre. Für einen Moment überlegte der Hauptkommissar, ob er selbst einen Blick hineinwerfen solle, entschied dann aber, es Schäfer und seinen Mitarbeitern zu überlassen.

Die Pressekonferenz war kurz und schmerzlos verlaufen, wie Zirfas zwei Stunden später zu berichten wusste. Doch der Begriff „*BUGA*-Leiche" war nicht mehr aus der Welt zu schaffen. Wie nicht anders zu erwarten, hatten der Oberbürgermeister und der Geschäftsführer der Bundesgartenschau, die auch anwesend waren, nach der Pressekonferenz den Polizeipräsidenten beiseitegenommen und mit Nachdruck gebeten, alles zu tun, um den Fall so schnell wie möglich aus den Schlagzeilen zu bekommen.

Fuß rief anschließend als Erstes Schäfer an und bat, das versiegelte Zimmer im Hotel genau unter die Lupe zu nehmen.

„Wenn es versiegelt ist, kann ja nichts passieren. Das muss bis morgen warten, denn wir haben noch eine Menge anderer Dinge zu tun", stöhnte der SpuSi-Kollege und versprach: „Aber morgen früh gehen wir gleich an die Arbeit."

Fuß legte auf und bat Liane zu veranlassen, dass man die Kollegen in Pristina über den Tod von Haneche informieren sollte, damit eventuelle Angehörige informiert werden konnten. Er ahnte, was er Liane damit antat und konnte es auch an ihrem Gesicht ablesen. Er wandte sich rasch ab, damit sie sein Grinsen nicht sehen konnte.

Am frühen Nachmittag rief tatsächlich ein Abteilungsinspektor Hollischek von der Wiener Polizei an. Fast glaubte Fuß die schnarrende Stimme von Oberinspektor Marek aus der *ARD-Tatort*-Reihe zu hören. Zu ähnlich klang die Stimme des Anrufers. Vor allem während des Begrüßungsschmähs sah Fuß den Schauspieler Fritz Eckhardt förmlich vor sich. Doch dann wurde Hollischek sachlich und teilte ihm mit, dass Ilja Sagkra bereits mehrmals unter dem Verdacht stand, in unsaubere Im- und Exportgeschäfte verwickelt zu sein. Man habe ihn aber immer wieder laufen lassen müssen, da ihm nichts nachzuweisen war. Dabei ereiferte er sich dermaßen, dass er plötzlich in breiten Wiener Dialekt verfiel. „A ziemlich ohdraahter Hund. Ein großes G'fraßt, treibt si mit einigen Figuren aus der Weana Gsöschöft umadum und ma find't eahm a oft mit Leut' aus'n Milieu ..."

„Stopp, stopp, stopp!", unterbrach ihn Fuß lachend. „Können Sie das auch für einen kleinen, unterbezahlten Polizeibeamten in Deutschland verständlich formulieren?"

Nach einer kurzen Pause, die Fuß nicht so recht zu interpretieren wusste, schwenkte Hollischek wieder in ein verständliches Hochdeutsch um. „Ein ganz gerissener Bursche. Er gilt in gewissen Kreisen der Wiener Gesellschaft als bunter Hund und verkehrt häufig mit Leuten aus dem Rotlichtmilieu."

Fuß bedankte sich. Was würde er mit diesen Informationen anfangen können? Streckte dieser Sagkra seine Fühler nun auch nach Koblenz aus und war Haneche sein Erfüllungsgehilfe gewesen? Der Hauptkommissar knetete wieder sein Gesicht und malte sich dabei alle Möglichkeiten aus. Die Personenbeschreibung des Taxifahrers kam ihm in den Sinn. Haneche, eher einfach und sportlich gekleidet und die große Unbekannte, elegant, mit auffallend hohen Absätzen, sprach die gleiche Sprache wie der junge Mann. Vom Aussehen würde sie also eher zu diesem Wiener Handelsganoven und dem Rotlichtmilieu passen.

Noch vor Feierabend fand die erste Besprechung der neu gebildeten Soko statt. Neben Fuß, Liane Esser, Ewalt und Weberknecht nahm, trotz seiner anderen Arbeit, auch Schäfer an der Sitzung teil, weil er dies für äußerst wichtig hielt.

Fuß informierte zusammen mit seiner Mitarbeiterin und Schäfer die beiden Kollegen über den Stand der Ermittlungen. Hauptkommissar Schäfer konnte mit weiteren Informationen der Pathologie aufwarten. Die Stichkanäle lagen so, dass man von einem etwa gleich großen Täter, einem Linkshänder, ausgehen konnte. Wahrscheinlich handelte es sich bei der Tatwaffe um ein Springmesser. Außerdem hatte die Spurensicherung an dem grauen Sweatshirt des Toten am unteren Rand eine Beschädigung des Stoffes entdeckt. Ein kleines, seitlich etwas ausgerissenes Loch, das möglicherweise durch Hängenbleiben beim Übersteigen eines Zaunes oder Gitters entstanden sein konnte.

„Das würde daraufhindeuten, dass der Ermordete möglicherweise nach seiner Ankunft mit dem Taxi auf der Festung über die *BUGA*-Absperrung geklettert ist“, war für Ewalt die logische Erklärung. „Aber warum ... wozu?“

„Vielleicht musste er mal pinkeln“, antwortete Fuß mit todernstem Gesicht.

„Das hätte er auch an den Festungsmauern machen können“, mischte sich Liane ein, merkte aber sofort an den Gesichtern der anderen, dass die Bemerkung von Fuß offenbar nicht ernst gemeint war.

„Sicher ist also, die Frau ist mit auf die Festung gefahren. Wie ist sie dann aber wieder heruntergekommen? Mit ihren hohen Absätzen ist die doch bestimmt nicht zu Fuß gegangen.“

„Dann soll Kollegin Esser nochmals alle Taxiunternehmen anrufen, ob in der fraglichen Zeit von einer Frau ein Taxi zur Festung bestellt wurde“, schlug Weberknecht vor.

„Hat denn dieser Höllenschreck ...“, begann Ewalt.

„Hollischek!“, korrigierte Fuß.

„... also dieser Hollischek gesagt, was dieser Wiener so im- und exportiert?“

„Genaues hat er nicht gesagt. Aber es klang so, als hätte Sagkra sich da nicht auf bestimmte, aber sicherlich lukrative Güter festgelegt.“

„Hat die Untersuchung des Pathologen etwas in Richtung Drogen ergeben?“

Schäfer verneinte. „Das habe ich auch gleich gefragt. Negativ. Auch an der Kleidung war in diese Richtung nichts Verdächtiges zu finden.“

Es begann ein fast zweiminütiges, nachdenkliches Schweigen, bis sich endlich Fuß zu Wort meldete. „Also, was machen wir? Liane ruft die Taxiunternehmen an ...“

„Ich bleib im Kontakt zu dem Pathologen und werde morgen das Hotelzimmer in Angriff nehmen“, beschloss Schäfer.

„Dann werden Weberknecht und ich morgen als Erstes nochmals das Personal der Tal- und Bergstation befragen. Vielleicht erinnert sich der eine oder andere ja doch noch an irgendetwas, was uns weiterbringt. Außerdem könnten morgen nach der Veröffentlichung in den Medien Hinweise aus der Bevölkerung kommen“, meinte Ewalt.

„Noch eins ...“, meldete sich Weberknecht zögernd zu Wort, der sich die ganze Zeit über eifrig Notizen gemacht hatte, „... hat der Taxifahrer nicht etwas von einem Ausweis erzählt, den dieser Haneche bei dem Pförtner rauf zur Festung vorgezeigt hat? Das sollten wir auch mal überprüfen.“

Natürlich war die *BUGA*-Leiche am Abend auch in der Alkener Straußwirtschaft und nicht nur bei den Stammgästen ein unerschöpfliches Gesprächsthema. Doch Fuß, der wie üblich bei schönem Wetter den Terrassen-Service übernommen hatte, war es gewohnt, in solchen Fällen mit lustigen Sprüchen allen Fragen aus dem Weg zu gehen. Und wenn ihm ein Gast allzu lästig wurde, konnte er auch recht ruppig werden. „Trink lieber noch ‘nen Schoppen, dann schwätzt du auch nicht so viel dummes Zeug!“

Für die Stammgäste waren solche Sprüche Kult. Andere Besucher der Straußwirtschaft schauten erst einmal echauffiert, bis sie dann von amüsierten Tischnachbarn aufgeklärt wurden.

Von Zeit zu Zeit, wenn alle Gäste bedient waren, lauschte Fuß, welche Theorien und Vermutungen an den Tischen aufgestellt wurden. Immerhin war nicht auszuschließen, dass bei solchen Gesprächen auch einmal etwas für ihn Verwertbares zutage kam.

Um zweiundzwanzig Uhr wurde die Terrasse zur Vermeidung der Ruhestörung der Nachbarn wie immer geschlossen und die Gäste zogen sich deshalb in die Weinstuben zurück. Nur Fuß blieb noch draußen und räumte die letzten Gläser und Flaschen von den Tischen. Dann goss er sich ein Glas seines Lieblings-Rosés ein und setzte sich an einen Tisch neben der Brüstung. Von hier aus hatte er die angestrahlte Burg Thurant oberhalb seiner Weinberge im Blick. Heute konnte er nicht, so wie gestern, abschalten. Dafür hatte ihn das Thema durch die Fragen und Gespräche seiner Gäste zu sehr verfolgt. Er versuchte, die bisherigen Ermittlungen zu einem Film zusammenzustellen. Aber es ergab sich immer nur eine kurze Bildersequenz, ohne Anfang und ohne Ende. Beides würden sich er und seine Kollegen erst erarbeiten müssen.

3.

Sie hatten sich auf elf Uhr verabredet. Das zweite Treffen der Soko, die angesichts der im *BUGA*-Bereich gefundenen Leiche von den Kollegen den Namen *Blütenpracht* erhalten hatte, fand im Besprechungsraum statt, auf den man ausgewichen war, weil in Fuß' Büro nicht genügend Stühle vorhanden waren. Als Hauptkommissar Fuß den Besprechungsraum betrat, spürte er bereits eine positive Stimmung unter den Kollegen. Trotzdem konnte er sich ein etwas grantiges „Wer hat hier geraucht?“ nicht verkneifen und eilte als Erstes zum Fenster, um zu lüften.

„Sorry!“ Rasch steckte Weberknecht seine vor ihm auf dem Tisch liegende Schachtel Marlboro in seine Jackentasche, knüllte den Bierdeckel, der ihm als Aschenbecher gedient hatte, zusammen und warf ihn in einen Papierkorb, den er zufällig in dem Raum entdeckt hatte.

Fuß setzte sich ans Kopfende, legte den mitgebrachten Block und Kugelschreiber vor sich auf den Tisch und machte Liane ein Zeichen, zu beginnen.

„Also, es hat am Mordtag im fraglichen Zeitraum keine Fahrt von der Festung hinunter in die Stadt geben. Die erste Tour war um dreizehn Uhr. Mit dem Taxifahrer konnte ich bereits sprechen. Es waren zwei Ehepaare, die sich abholen ließen, weil es einer der Frauen schlecht geworden war. Die Fahrt endete in der Südstadt bei einem Arzt.“

„Dafür kann ich mit einer äußerst interessanten Aussage aufwarten“, meldete sich Ewalt zu Wort. „Eine Gundula McGloy hat am besagten Morgen auf der Bergstation Dienst an der Rampe gehabt und kann sich an eine Frau mit hohen Absätzen und ihren unsicheren Gang erinnern, weil sie sich mit den Kollegen darüber amüsiert hat. Einer dieser Kollegen hat mir die Angaben bestätigt. Die Frau, auf die unsere Beschreibung passt, ist mit einer der ersten Kabinen, wenn nicht sogar der ersten, nach unten gefahren. Das bedeutet für uns, sie muss auf jeden Fall den Mord gesehen, wenn nicht sogar selbst verübt haben.“

„Wenn sie in der ersten Gondel war“, folgerte Fuß, „müsste eigentlich auch Ahmed Göktürk sie beim Aussteigen gesehen haben, denn der Ansturm auf die Seilbahn war zu diesem Zeitpunkt noch nicht allzu groß und das Rampenhalbrondell deshalb durchaus überschaubar.“

„Negativ! Das haben wir auch schon bedacht und ihn zu Hause aufgesucht. Er ist immer noch unfähig zu arbeiten. Er kann sich an keine solche Person erinnern. Außerdem behauptet er, es seien doch schon relativ viele Fahrgäste da gewesen, sodass er gar keine Zeit gehabt habe, zur Ausstiegsseite hinüberzuschauen.“ Weberknecht schob Fuß eine Telefonnotiz zu. „Aber es hat heute Morgen schon in aller Früh jemand bei der Wache unten angerufen. Ein Sebastian Schmitt. Er hat die Personenbeschreibung in der Zeitung gelesen und glaubt die Frau gesehen zu haben.“

„Wo?“

„Ich habe ihn bereits anrufen lassen und für heute Nachmittag hierher bestellt.“

Fuß blickte Liane an. „Von der Bundespolizei immer noch nichts Neues?“

„Nichts. Allerdings hatte ich den Eindruck, dass das Engagement etwas nachlässt. Man hat mich ziemlich deutlich wissen lassen, dass man auch noch andere Dinge zu tun habe und das Schließfach sicherlich schon längst geleert worden sei.“

„Die machen es sich ...“

Ewalt wurde durch das plötzliche Öffnen der Tür unterbrochen. Alle hatten das wohl zaghafte Anklopfen von Schäfer überhört. Der Hauptkommissar der Spurensicherung strahlte über das ganze Gesicht.

„Leute! Das Hotelzimmer war ein Volltreffer!“, sagte er und hielt einen eingetüteten braunen Umschlag in die Luft.

„Mach's nicht so spannend." Fuß wollte nach der Tüte greifen, doch Schäfer war schneller und verbarg sie hinter seinem Rücken.

„Nur nicht so hastig", lachte Schäfer. „Eins nach dem anderen." Er nahm erst einmal Platz, wobei er geheimnisvoll den eingetüteten Umschlag auf seinen Schoß legte.

„Ist der immer so gemein?", frotzelte Weberknecht.

„Nur, wenn er weiß, dass es richtig wehtut", antwortete Fuß. „Also, Wilfried, schieß los."

Vier Augenpaare blickten Schäfer erwartungsvoll an.

„Also, die Zimmer sind bekanntlich recht einfach, aber zweckmäßig eingerichtet. Es gibt also nicht allzu viele Möglichkeiten, etwas zu verstecken, was Haneche auch gar nicht getan hat. Wir haben seinen Laptop sichergestellt, zu dem kann ich im Moment noch nichts sagen. Den untersuchen wir aber heute noch. Dann gab es eine Mappe mit Papieren, die wir auch noch genauer unter die Lupe nehmen werden. Was wir aber jetzt schon wissen, Haneche hatte hier in Koblenz einen Zeitvertrag als Gärtnergehilfe. Der läuft bis zum einunddreißigsten Oktober, also über die ganze *BUGA*-Zeit hinweg. Das Hotel war offenbar über die ganze Zeit des bestehenden Gärtnervertrags als Wohnsitz gedacht ..."

„Von dem Hilfsarbeiterlohn?", spöttelte Ewalt.

„Kommt noch, kommt noch", fuhr Schäfer fort. „Außerdem haben wir die Arbeitsbescheinigung eines österreichischen Unternehmens gefunden, wo er vorher als Lagerist und Fahrer beschäftigt war. Und schließlich haben wir in einem seiner drei Koffer zwischen der Wäsche diesen Umschlag gefunden." Erst jetzt legte Schäfer die Tüte auf den Tisch, zog in aller Ruhe seine Handschuhe über und öffnete erst die Plastiktüte, dann den braunen Papierumschlag. „Schöne Fünfzig-Euro-Scheine“, strahlte Schäfer wieder.

Fuß beugte sich vor. „Und wie viel ist das da?“

„Wenn sich Erasmus nicht verzählt hat, genau fünfundzwanzigtausend.“

Fuß pfiff durch die Zähne. „Das ist doch was. Wofür bekommt man fünfundzwanzigtausend Euro?“

„Drogen ... Geldwäsche ... oder ...?“, meldete sich Liane übereifrig zu Wort.

Ewalt stöhnte. „Bis hin zu einem Anschlag oder Attentat. Anlässlich der *BUGA* und ihrer prominenten Besucher nicht auszuschließen.“

„Nur das nicht!“, brummte Fuß und begann sein Gesicht zu kneten. Plötzlich zeigten sich für alle ganz andere kriminelle Dimensionen über den Mord hinaus.

Schäfer stand auf und deutete auf den Umschlag. „Es gibt da nur einen kleinen Schönheitsfehler …“

„Und der wäre?“

„Nur die beiden oberen Banderolen sind echt, alles andere sind Falsifikate!“

„Falschgeld?“, rief Liane aus.

Schäfer nickte. „Jetzt können wir raten, ob Haneche das gemerkt hatte oder nicht.“

„Und was ist mit der Frau, vielleicht war in deren Koffer noch mehr Falschgeld“, mutmaßte Weberknecht.

Liane spitzte nachdenklich den Mund. „Dann ist die Bezeichnung *Soko Blütenpracht* ja im doppelten Sinne richtig!“ Mit dieser Bemerkung löste sie allgemeines Gelächter und Zustimmung aus.

Schäfer zog die Schultern hoch. „Von der Frau haben wir wahrscheinlich etliche Fingerabdrücke und wissen, dass die beiden Sex miteinander hatten. Wir haben im Bett Spermaspuren sicherstellen können und auch Haare gefunden, die nicht von dem Toten stammen. Damit haben wir von der Lady auch die DNA."

„Das hört sich ja alles sehr gut an", gestand Fuß. Endlich hatten sie neue Ansätze gefunden, die Ermittlungen fortzusetzen. Nur in zu viele Richtungen. Man würde wohl oder übel in Anbetracht der Tatsache, dass der Tote Ausländer war, es eine Verbindung zu einem zwielichtigen Im- und Exporthändler in Wien gab und wegen des gefundenen Falschgeldes, das Bundeskriminalamt informieren.

„Es geht also um Falschgeld. Gott sei Dank kein geplantes Attentat, was für die *BUGA* der Gau gewesen wäre. Wir müssen feststellen, was Haneche als Aushilfsgärtner für Aufgaben hatte und vor allem, wo auf der *BUGA* er eingesetzt war", schlug Fuß vor. „Außerdem, wieso konnte er sich ein Hotel leisten und was hat er in jüngster Vergangenheit gemacht?"

Weberknecht holte aus der Seitentasche seines Jacketts die Marlboro-Schachtel hervor. Im gleichen Moment sah er aber den ermahnenden Blick von Fuß und steckte die Schachtel schnell wieder zurück.

Schäfer stand auf. "Ich muss wieder an die Arbeit. Ihr haltet mich auf dem Laufenden und ich den Kontakt zur Pathologie."

„Überhaupt sollten wir die Aufgaben verteilen." Auch Ewalt hatte sich von seinem Platz erhoben. „Ich schlage vor, ich kümmere mich um Haneches Arbeitsplatz, Fuß nimmt mit dem österreichischen Kollegen Kontakt auf ... vielleicht ist Haneche ja dort auch kein Unbekannter. Und Oskar versucht noch mehr über diese mysteriöse Frau herauszubekommen."

„Und was mache ich?“, erkundigte sich Liane und in ihrer Stimme schwang deutlich eine leichte Kränkung mit, weil Ewalt sie praktisch außen vor gelassen hatte.

Die vier Männer schauten sich etwas ratlos an. Eigentlich hatte die Kriminalhauptmeisterin recht. Ohne bösen Willen hatte Ewalt sie glatt übergangen. Doch der Hauptkommissar war spontan und erfinderisch genug, um diesen Patzer wieder zu korrigieren.

„Das ergibt sich doch von selbst. Sie koordinieren alles, indem Sie uns zuarbeiten, alle Ermittlungsergebnisse weiterleiten und sind damit der kommunikative Mittelpunkt.“

Liane nahm es so, wie Ewalt es gesagt hatte, wobei sie nicht wusste, ob der es ernst meinte oder nur Makulatur geredet hatte. Irgendwo im Inneren war sie gekränkt. Sie nahm sich vor, später mit Fuß darüber zu sprechen.

Sebastian Schmitt war fast ebenso breit wie groß. Völlig außer Atem betrat er nach einem sehr energischen Anklopfen mit einer Plastikeinkaufstüte in der Hand das Büro des Hauptkommissars.

„Bin ich hier ...“, er schnappte nach Luft, „... richtig?“

„Wenn Sie eine Aussage in Sachen einer Frau machen wollen, die Sie glauben, in der Zeitung wiedererkannt zu haben, dann ja.“ Liane stand auf, gab ihm zur Begrüßung die Hand und wies auf den Stuhl vor Fuß’ Schreibtisch. „Hauptkommissar Rindsfüßer kommt gleich.“

Laut schnaufend, fast röchelnd ließen sich die gut 150 Kilogramm Lebendfleisch auf dem Stuhl nieder. „Können Sie bitte ... das Fenster aufmachen ... Luft“, bat Schmitt und verdrehte die Augen. „Wenn ich gewusst ... hätte, was da auf mich ... zukommt ...“

Liane öffnete das Fenster und blickte den Besucher mitleidig an. Vielleicht rührte das Übergewicht von einer Krankheit her. Einer ihrer Tanten ging es ähnlich. Deshalb hatte sie sich angewöhnt, bei übergewichtigen Menschen nicht gleich an Fresssucht zu denken. Doch diese Zurückhaltung in der Beurteilung dauerte nur knapp eine Minute. Denn kurz nachdem sie wieder an ihren Schreibtisch zurückgekehrt war, packte Schmitt ungeniert eine große Flasche Cola und ein in Folie eingewickeltes, dick belegtes Butterbrot aus.

„Ich habe noch nicht ... zu Mittag gegessen“, erklärte ihr der Mann, als er den erstaunten Blick der Kriminalhauptmeisterin sah. „Seit meine Frau tot ist, ... muss ich mich selbst versorgen ... und bin dadurch den ganzen Tag im ... Stress.“

„Was machen Sie beruflich?“

„Frührentner. Früher war ich bei der Bundesbahn.“ Die Kurzatmigkeit ließ nach einem Schluck aus der Cola-Flasche und mit dem ersten Biss in das Brot deutlich nach. „Da zieht’s mich auch heute noch immer hin. Dadurch bin ich auch ... dieser Frau begegnet, die da aus der Zeitung. Ich kam gerade aus der Bahnhofsbäckerei und wir sind praktisch zusammengestoßen, ... die war irgendwie mit ihren Gedanken ganz woanders ...“

„Das erzählen Sie besser gleich mal alles dem Hauptkommissar“, unterbrach ihn Liane.

Schmitt zog mit der freien Hand ein Taschentuch aus der Hose und wischte sich über die Stirn. „Verdammt heiß heute. Die armen Blumen überall. Soll aber heute Abend ein Gewitter geben ... hoffentlich. Aber kühler wird’s bestimmt nicht.“

„Soll ich Ihnen ein Glas geben?“, fragte Liane, als Schmitt zum zweiten Mal die Flasche an den Mund setzte.

„Nee, ich trinke immer aus der Flasche, erspart mir das Spülen." Er lachte leicht grunzend, wobei die gesamte Masse Fleisch wie ein Wackelpudding auf und nieder und hin und her schwabbelte. „Seit meine Frau tot ist, muss ich ja alles alleine machen", wiederholte er sich und hätte sicherlich auch noch mehr aus seinem Alltagsleben erzählt, hätte nicht Fuß in diesem Moment den Raum betreten.

„Herr Schmitt?"

Schmitt versuchte erst gar nicht aufzustehen, sondern streckte Fuß nur seine fleischig-dralle Hand entgegen, die der Hauptkommissar aber geflissentlich übersah.

Fuß ging um seinen Schreibtisch herum. „Schmeckt's?"

„Danke, danke. Habe heute Mittag noch nichts gegessen. Habe der jungen Frau schon gesagt, seit meine Frau tot ist ..."

„Sie sind gekommen, weil Sie die Frau gesehen haben wollen, deren Beschreibung in der Zeitung war", stoppte Fuß den Redeschwall seines Gegenübers.

„Ja, genau. Ich habe ja schon gesagt, dass ich im Bahnhof war. Hatte mir dort gerade ein paar Plunder gekauft. Als ich den Laden verließ, rannte eine Frau gegen mich. Sie erschrak dabei heftig. War mit ihren Gedanken ganz woanders. Das habe ich zumindest so empfunden. Sie hat sich nicht einmal entschuldigt ..."

„Ist Ihnen an ihr etwas aufgefallen, trug sie einen Koffer bei sich?"

„Koffer? Nee, aber solche Absätze, genau wie in der *Rhein-Zeitung* beschrieben. Und der Mantel, der Mantel war an der einen Seite ganz schmutzig. Das passte eigentlich nicht so zu ihr. Vielleicht war sie hingefallen und deshalb so ..."

„Wo kam sie her, wo ging sie hin?"

Schmitt biss erst noch einmal in sein Brot und begann kräftig zu kauen, bevor er antwortete. „Genau kann ich das nicht sagen, ich mein, woher sie kam. Da war ich ja noch in der Bäckerei. Aber dann ging sie in Richtung Bahnsteig. Sie ist zum Bahnsteig vier hochgegangen. Ich habe ihr ja nachgeschaut, allein schon wegen der Absätze. Also, wenn meine Frau solche Dinger getragen ..."

„Das ist alles, was Sie uns zu der Frau sagen können. Kein Koffer, nur einen schmutziger Mantel und ziemlich geistesabwesend?"

„So könnte man sagen", bestätigte Schmitt, schluckte und setzte wieder die Cola-Flasche an. „Außerdem roch sie nach Schnaps, deshalb vielleicht auch dieser ondulierte Gang."

„Gut, dann nimmt jetzt meine Kollegin das Protokoll auf und Sie unterschreiben es bitte." Fuß stand rasch auf und verließ fluchtartig und mit einem Augenverdreher zu Liane hin das Büro.

Das Büro von Michael Hoffmann befand sich direkt unter dem Dach eines alten Backsteinhauses in der Koblenzer Altstadt. Kein Aufzug, keine Klimaanlage. Dafür aber eine fast unerträgliche Hitze wegen der für die Jahreszeit ungewöhnlichen Außentemperaturen. Hoffmann war trotz seines häufigen Aufenthalts in freier Natur recht blass im Gesicht, nicht allzu groß und schmächtig, aber mit einem leichten Bauchansatz, den er meist gut zu kaschieren wusste. Heute aber nicht, denn die Hitze zwang ihn, sein Jackett auszuziehen und die Ärmel seines kanariengelben Hemdes hochzukrempeln. Beim Lesen, Schreiben und am Computer trug er eine *Armani*-Brille, die er während seiner übrigen Büroarbeit an einer dünnen Goldkette stets griffbereit in Brusthöhe mit sich führte. Seine schulterlangen aschblonden Haare hatte er zu einem Pferdeschwanz zusammengebunden. Als Gartenarchitekt war er an einzelnen Bereichen bei der Gestaltung der *BUGA* beteiligt und zu seinem Team gehörten neben Berufsgärtnern auch einige an den Gartenarbeiten beteiligte Hilfsarbeiter. So auch Bashkim Haneche, wie Liane für Ewalt herausgefunden hatte.

Der Hauptkommissar musste erst einmal verschnaufen, als er die letzten Stufen zum Dachgeschoss erklommen hatte. Schweiß stand auf seiner Stirn, den er sich vergeblich versuchte wegzuwischen. Die Poren schienen ihre Schleusen voll geöffnet zu haben. Also klopfte er mit einigen Restperlen auf der Stirn an Hoffmanns Tür und sogleich ertönte von Innen ein fast gesungenes „Herrrein!"

Noch bevor Ewalt den Raum richtig betreten hatte, war Hoffmann bereits aufgesprungen, ihm entgegengeeilt und baute sich mit einem freundlichen Lächeln vor ihm auf.

„Man hat Sie bereits angekündigt", gab er mit sanfter Stimme von sich, die sehr gut zu seinem Äußeren passte, wie Ewalt sofort registrierte. Denn zu dem kanariengelben Hemd trug er eine bunte Hose mit großem Blumenmuster. Der Händedruck war wie erwartet: butterweich. Mit einer ausholenden Handbewegung, bei der er die Duftwolke eines ebenso blumigen Parfums von sich gab, geleitete Hoffmann den Hauptkommissar in die kleine Besprechungsecke, auf deren Tisch noch einige Pläne von der letzten Besprechung lagen. „Wir sind ja dauernd am Umgestalten. Durch die für diese Jahreszeit ungewöhnliche Witterung müssen wir vor allem an den Blumenbeeten sehr viel arbeiten, um den Besuchern optisch das zu bieten, was sie erwarten. Eine sehr interessante Herausforderung", erklärte der Gartenarchitekt und schob die Pläne beiseite. „Möchten Sie etwas trinken, ein kaltes Mineralwasser oder einen kalten Tee könnte ich Ihnen anbieten."

Ewalt winkte ab und ließ sich in einem der kleinen Sessel nieder, die rund um den Besprechungstisch standen. „Ich gehe davon aus, dass meine Kollegin Ihnen bereits gesagt hat, worum es geht ..."

„Schrecklich, nicht wahr", fiel ihm Hoffmann sofort ins Wort. „Dabei war Bashkim so ein zurückhaltender und zuverlässiger Mitarbeiter, auch wenn er wenig Ahnung von der Botanik hatte. Aber, wenn es um Kreativität ging, war er ein Naturtalent. Farben und Formen, das war seine Welt. Schade, dass das Leben ihm keine bessere berufliche Chance gegeben hat."

„Sie kannten ihn näher?", fragte Ewalt erstaunt, denn er konnte sich nicht vorstellen, dass Hoffmann zu allen Mitarbeitern einen so intensiven Kontakte hatte, um solche persönlichen Details zu kennen. Zumal Bashkim in der Arbeits-Hierarchie ziemlich unten angesiedelt war.

Hoffmann zog leicht theatralisch die Augenbrauen hoch. „Näher? Wann kennt man schon einen Menschen näher. Ein dehnbarer Begriff. Er ist mir aufgefallen ... uns allen, weil er so war wie er war. Er begriff sehr schnell, wenn man ihm seine Vorstellungen unterbreitet hat."

„Sprach er denn so gut deutsch?"

„Wenig. Aber wir haben uns trotzdem verstanden."

„Wissen Sie etwas über sein Privatleben, das er hier in Koblenz geführt hat? Freunde, Bekanntschaften? Was hatte er für Hobbys?"

Hoffmann löste sein Haarband, schüttelte seinen Kopf wie ein Langhaardackel und strich mit einer eleganten Handbewegung die nach vorne fallenden Haare hinter die Ohren. „Gar nichts. Da wird Ihnen vielleicht Josef Bendorf mehr sagen können. Das ist der Gärtner, dem er unterstellt war."

„Was hat Haneche als Hilfsgärtner verdient?"

Hoffmann setzte seine Designer-Brille auf, ging zu seinem Schreibtisch und tippte etwas in die Tastatur des Computers. Es dauerte eine Weile, bis er fand, was er gesucht hatte. „Unsere Hilfsarbeiter bekommen sieben Euro dreißig die Stunde."

Jetzt war es an Ewalt die Augenbrauen hochzuziehen. „Und davon kann man sich ein Hotelzimmer leisten und leben?"

„Wieso ein Hotel ... zimmer?"

„Nun, Haneche wohnte seit Beginn seines Arbeitvertrags in Mülheim-Kärlich in einem Hotel und hat das sogar im Voraus bezahlt."

„Davon weiß ich nichts und so etwas kann ich auch kaum glauben ... wenn Sie es nicht sagen würden."

Ewalt überlegte einen Moment, ob er Hoffmann noch mehr schocken und von dem Fünfundzwanzigtausend-Euro-Fund und dem Falschgeld erzählen solle, ließ es aber dann sein. Den Joker wollte er vorerst im Ärmel behalten. „Wie ist Haneche überhaupt zu diesem Job gekommen?"

„So genau weiß ich das nicht mehr", gestand Hoffmann, lehnte sich im Sessel zurück und verschränkte seine Arme hinter dem Kopf. „Es ist auf jeden Fall schon längere Zeit her. Irgendwann tauchte er auf dem damals noch recht baustellenähnlichen *BUGA*-Gelände auf und sprach mich wegen einer Mitarbeit an. Ich habe ihn dann an die Verantwortlichen verwiesen. Erst viel später begegneten wir uns wieder. Zu dem Zeitpunkt hatte er schon seinen Vertrag und mit der Arbeit als Hilfskraft begonnen. Damals kamen wir dann mehr ins Gespräch."

Eigentlich hatte sich Ewalt mehr von der Befragung versprochen. Aber offensichtlich war von dem Gartenarchitekten weiter nichts zu erfahren. Der Hauptkommissar hatte sich den Namen des direkten Vorgesetzten von Haneche notiert. Vielleicht wusste dieser mehr über den Ermordeten und sein Privatleben.

Nachdem Hollischek seinen üblichen Begrüßungsschmäh losgeworden war, trug ihm Fuß sein Anliegen vor, etwas über Bashkim Haneche zu erfahren. Hollischek schien davon nicht allzu begeistert. Zumindest hatte Fuß zunächst das Gefühl, bei dem Wiener auf Granit zu beißen. Erst als sich herausstellte, dass Hollischek am Reisenberg, in der Nähe von Grinzing, einen kleinen Weinberg geerbt hatte, den er aber wegen mangelnder Kenntnisse nicht selbst bewirtschaften konnte, und erfuhr, mit einem Kollegen zu telefonieren, der nebenbei Winzer war, verbesserte sich seine Arbeitslaune. Er versprach schließlich, im Zentralcomputer der österreichischen Polizei nachzuschauen und sich wieder zu melden.

Zu Fuß' Erstaunen kam der versprochene Rückruf bereits zwei Stunden später. Dieses Mal kam Hollischek sofort zur Sache.

„Dieser Bashkim Haneche ist bisher noch nicht auffällig geworden, aaaber ... raten Sie mal, verehrter Herr Kollege, wo er meldebehördlich erfasst ist?"

„Wette, Sie wissen es", antwortete Fuß und schnitt eine Grimasse in Richtung Liane, die mithörte um Hollischeks Erkenntnisse zu notieren.

„Ob Sie es glauben oder nicht, in der Ottakringer Straße einhunderteinundzwanzig im sechzehnten Stadtbezirk hier in Wien. Was sagen's jetzt?"

„Das ist ...“

„Richtig, dort wo auch unser guter Sagkra gemeldet ist. Allerdings hat Haneche dort nur seinen zweiten Wohnsitz. Offiziell ist sein Hauptwohnsitz in Pristina, Azem Jashani...“

„Die Adresse ist uns bekannt und wir haben auch schon Kontakt zur dortigen Polizei aufgenommen.“

Wenn Fuß glaubte, Hollischek habe sich in der Zwischenzeit allein damit beschäftigt, täuschte er sich. Das Wissen um das gemeinsame Interesse an gutem Wein hatte den Österreicher beflügelt, weitere Ermittlungen durchzuführen.

„Ich habe natürlich sofort bei der Firma *Balusa* verdeckte Nachforschungen angestellt, bei der Sagkra einer von drei Geschäftsführern ist, und jetzt werden Sie staunen. Ilja Sagkra hält sich seit geraumer Zeit in Deutschland auf. Man hat uns eine Telefonnummer gegeben und jetzt raten Sie mal, wer sich am anderen Ende meldet?“

Fuß zog ein zweites Mal eine Grimasse. Langsam ging ihm die Art des Österreichers auf den Nerven.

„Naaa, schaun's, ich werd's Ihnen sagen: *Diehl's Hotel* in Koblenz.“

Fuß vergaß schlagartig, was er noch vor Bruchteilen einer Sekunde über seinen Telefonpartner gedacht hatte. Diese Information weckte alle Lebensgeister in ihm. Gleichzeitig sah er förmlich das schelmische Lächeln von Fritz Eckhardt alias Oberinspektor Marek vor sich. So oder ähnlich musste Hollischek in diesem Moment auch ausschauen.

„Da verschlägt's Ihnen die Sprache, verehrter Herr Kollege, oder?“, drang es an sein Ohr.

„Etwas“, gestand Fuß und hatte nur einen Wunsch: das Gespräch so schnell wie möglich zu beenden und zu diesem

Hotel zu fahren. Doch da hatte er nicht mit den Wünschen von Hollischek gerechnet.

„Sagen's bittschön, womit spritzen Sie denn die Rebstöcke im Sommer? Ich habe immer das Gefühl, dass mein Vetter, der für mich den Weinberg ..."

Fuß fuchtelte wie wild mit dem Arm in der Luft. Liane kannte das Signal und kam herbeigeeilt. Hastig kritzelte ihr Chef das Wort *Pristina* auf die Schreibunterlage. Und nachdem Liane nur hilflos mit den Schultern zuckte, schrieb er *Anruf!* dahinter.

Jetzt kapierte die Kriminalhauptmeisterin. „Chef, ich habe ein Gespräch für Sie aus Pristina auf der anderen Leitung", rief sie laut und deutlich in den Raum. Das war die Erlösung. Fuß verabschiedete sich rasch und versprach, bald einen Rückruf, um mit Hollischek dessen Weinbergprobleme zu besprechen.

„Tut mir leid, Herr Sagkra scheint nicht auf seinem Zimmer zu sein, er meldet sich nicht. Möchten Sie ihm eine Nachricht hinterlassen?"

„Danke, ich rufe später noch einmal an." Es wäre auch zu schön gewesen. „Hat Herr Sagkra schon seine Abreise angekündigt?"

„Moment bitte."

Nervös trommelte Fuß mit seinem Kugelschreiber auf der Schreibunterlage und blickte auf seine Armbanduhr. Doch davon verging die Zeit auch nicht schneller. Er ließ den Kugelschreiber fallen und lehnte sich zurück.

„Hören Sie ..."

Fuß gab nur ein leises Brummen von sich.

„Herr Sagkra hat das Zimmer noch die ganze Woche gebucht."

Missmutig gab Fuß ein „Danke“ von sich und legte den Hörer auf. „Liane, veranlassen Sie alles Notwendige, damit dieser Sagkra ab morgen früh observiert wird. Ich will ab sofort jeden Schritt wissen, den er macht.“

Später konnte Fuß sich selbst nicht erklären, warum er beim Herausfahren aus der Tiefgarage des Polizeipräsidiums plötzlich den Entschluss fasste, kurz über die Pfaffendorfer Brücke zu *Diehl's Hotel* zu fahren, zumal der Feierabendverkehr regelmäßig zu Staus auf der Brücke führte. Vielleicht war es die Neugier zu erfahren, wie der gesuchte Sagkra aussah. Fuß hatte sich im Laufe seiner vielen Dienstjahre zunutze gemacht, dass er sich von Menschen aufgrund ihres Aussehens und der Art, wie sie sich bewegten und sprachen ein relativ gutes Bild machen konnte. Deshalb hasste er es gegen Leute zu ermitteln oder sie in einen Fall einzuordnen, die er nicht gesehen hatte.

Der kleine Parkplatz vor dem Hotel war voll belegt. Natürlich hätte er sich einfach vor den Eingang stellen können, wo normalerweise die Gäste zum Ein- und Ausladen des Gepäcks kurzfristig parkten. Da es ihn aber selbst ärgerte, belegte Anfahrten vorzufinden, wenn er in Urlaub fuhr und ausladen wollte, und außerdem nicht wusste, wie lange er sich im Hotel aufhalten würde, verließ er den Parkplatz wieder und suchte sich unterhalb des Hotels entlang der Zufahrt zur Schiffsanlegestelle am Rheinufer eine Parkmöglichkeit. Zwar handelte es sich hier um keinen offiziellen Parkraum, aber das würde er mit den uniformierten Kollegen schon geregelt bekommen, wenn eine Beschwerde einging.

Als er zurück zum Hotel ging, entdeckte er auf dem Parkplatz auch sofort einen schwarzen Mercedes E-350 mit Wiener Zulassung. Fast war er sich sicher, dass es sich um das Fahrzeug von Sagkra handelte. Er überlegte kurz, wie er nun vorgehen sollte. Er notierte sich zunächst die Nummer und begab sich an die Rezeption, wo er eine junge Dame mit dunklen langen Haaren antraf, die ihn mit einem zurückhaltenden Lächeln willkommen hieß. Fuß entschuldigte sich und gab vor, er habe beim Einparken versehentlich ein anderes Fahrzeug leicht beschädigt, ein kleiner Kratzer an der Beifahrertür. Er nannte der Dame die Zulassungsnummer, die diese offenbar sofort mit einem Hausgast in Verbindung brachte.

„Der Wagen gehört Herrn Sagkra. Er befindet sich gleich gegenüber um die Ecke an der Bar, ich werde ihm Bescheid sagen."

Fuß' Herz schlug sofort höher, Volltreffer. „Lassen Sie mal, ich gehe selbst zu ihm. Sagen Sie mir nur, woran ich Herrn Sagkra erkenne."

„Herr Sagkra hat volle schwarze Haare, trägt eine Goldrandbrille und trug, wenn ich mich recht erinnere, einen dunkelblauen Anzug. Aber ich glaube, er ist auch im Moment der einzige Gast an der Bar."

Fuß bedankte sich und drehte sich um. Die Bar war tatsächlich gleich gegenüber und machte einen Knick, sodass man den größten Teil von der Rezeption aus nicht einsehen konnte. Sagkra saß auf dem hintersten Barhocker, vor sich irgendeinen halbvollen milchigroten Longdrink, und blätterte in einem Magazin.

Der Hauptkommissar ließ einen Hocker zwischen sich und Sagkra frei und bestellte sich ein Bier. Jetzt konnte Fuß sehen, dass es sich bei dem Magazin um den *Spiegel* handelte. Am Ringfinger der rechten Hand trug der Mann einen schweren Goldring mit einem eingefassten glitzernden Etwas. Mit Edelsteinen kannte sich Fuß weniger aus. Er war sich aber sicher, dass es sich um ein edles und teueres Schmuckstück handelte. Beim Umblättern wurde zusätzlich ein massives Goldarmband am Handgelenk sichtbar. Langsam begann sich im Kopf des Hauptkommissars nicht nur ein rein äußerliches Bild von dem Mann zu entwickeln. Unterhalb der Goldrandbrille traten recht kantige Backenknochen hervor, an denen ein Dreitagebart seinen Ansatz hatte. Die Hände des Mannes wirkten sehr gepflegt, sicherlich besuchte er regelmäßig eine professionelle Maniküre.

Offenbar hatte der Mann gespürt, dass er beobachtet wurde, denn er drehte plötzlich recht schnell den Kopf zu Fuß hin. Rasch ergriff der Hauptkommissar sein Bierglas und nahm einen kräftigen Schluck. Nun fühlte sich Fuß beobachtet. Über einen Spiegel, den er in diesem Moment entdeckte, wurde ihm das bestätigt. Bewusst gleichgültig zog Fuß sein kleines Notizbuch aus der Tasche, schlug eine freie Seite auf und begann die wesentlichen Merkmale seines Nachbarn schriftlich festzuhalten. Aus den Augenwinkeln sah er im Spiegel, wie der Mann aus der Innentasche seines Anzugs ein silbernes Etui zog und ihm ein Zigarillo entnahm. Dabei fiel Fuß auch die Uhr am Handgelenk des anderen Armes auf. Auch sie stammte sicherlich nicht aus einem Warenhaus. Fuß notierte sich auch dieses Detail. Dadurch merkte er nicht, wie sich sein Nachbar erhob und mit seinem Longdrinkglas neben ihn stellte. Erst als er den warmen Atem mit dem süßlichen Alkoholgeruch wahrnahm, klappte er schnell sein Notizbuch zu und drehte sich seitlich zu Sagkra hin.

„Kann ich Ihnen helfen?“ Etwas anderes fiel Fuß spontan nicht ein.

Sagkra grinste ihn breit an. „Naaa, Dank’schön, der Herr“, kam es süffisant über seine Lippen. Mit einem kurzen Augenzwinkern wandte er sich zum Gehen und schob dabei der Bedienung einen Zwanzig-Euro-Schein über den Tresen.

Fuß ärgerte sich, dass er für einen kurzen Moment unaufmerksam gewesen war, zahlte rasch und ließ das restliche Bier stehen.

4.

Aufgrund eines telefonischen Rundrufs von Liane versammelten sich am nächsten Vormittag die Mitglieder der *Soko Blütenpracht* bereits eine Stunde früher als vorgesehen.

Zunächst berichtete Liane, dass die Observation von Ilja Sagkra genehmigt worden war und sich bereits zwei Kollegen auf dem Weg zu seinem Hotel befanden. „Sobald sie ein brauchbares Foto von Sagkra haben, mailen sie es uns rüber."

„Ich kann vorab aber schon eine recht detaillierte Beschreibung unserer Zielperson geben", ergänzte Fuß und zog sein Notizbuch aus der Tasche. Als er die erstaunten Gesichter von Ewalt und Weberknecht sah, informierte er die beiden über sein Telefonat mit Hollischek und die Tatsache, dass sich Sagkra zurzeit in Koblenz aufhielt. „Ich bin deshalb gestern noch schnell in *Diehl's Hotel* gefahren und Sagkra begegnet." Wohlweislich verschwieg er aber, dass er möglicherweise verbrannt war. Immerhin konnte es sein, dass der Brillenträger genügend Zeit und den richtigen Blickwinkel gehabt hatte, seine Notizen zu entziffern.

Danach folgte Ewalts Bericht über seinen Besuch und die Befragung bei dem für Teile der *BUGA* zuständigen Gartenarchitekten Michael Hoffmann.

Am wenigsten konnte Oberkommissar Weberknecht über seine Ermittlungen bezüglich der unbekannten Frau berichten. Er hatte zunächst nochmals die junge Frau an der *Etap*-Hotelrezeption aufgesucht und befragt, hatte aber auch nicht mehr erfahren als Fuß. Dann war er zu Gundula McGloy hinauf auf die Festungsstation gefahren. Aber erst ihr herbeigerufener Kollege, mit dem sie sich am Mordtag über die Unbekannte und ihre Stöckelschuhe amüsiert hatte, konnte die Aussage von dem Fettkloß Sebastian Schmitt bestätigen, dass der Mantel der Frau linksseitig verschmutzt war.

„Dann bin ich noch zu dem Pförtner am Felsenweg gefahren, weil mir einfiel, dass der Taxifahrer etwas von einem Ausweis oder ähnlichem erwähnte, den Haneche vorgezeigt hatte. Er meinte, so genau habe er nicht hingeschaut, nachdem er das Logo der *BUGA* auf der Karte gesehen habe, die der Fahrgast ihm hingehalten hat."

Fuß klappte sein Notizbuch zu. „Das wird auch ein echter Ausweis gewesen sein, denn Haneche war ja offiziell als Hilfskraft beschäftigt." Doch kaum hatte er das gesagt, schnippte er mit dem Finger. „Wir müssen einmal Schäfer fragen, denn soweit ich mich erinnern kann, haben wir in Haneches Portemonnaie keinen solchen Ausweis gefunden. Jemand muss ihm das Papier also zwischen der Begegnung mit dem Pförtner und dem Mord abgenommen haben ... und das kann nach unseren bisherigen Vorstellungen des Hergangs nur die Frau gewesen sein."

„Das heißt, die Frau und ihr Koffer bleiben weiterhin mit einem großen Fragezeichen versehen", ergänzte Weberknecht Fuß' Ausführungen.

„Wenn es da Zusammenhänge gibt, und davon bin ich überzeugt, führt uns vielleicht Sagkra zu ihr", meinte Ewalt zu

Liane gewandt. „Bleiben Sie bitte in engstem Kontakt zu unseren Kollegen, die den Mann observieren.“

Fuß saß das Missgeschick vom Vorabend noch kräftig im Nacken. Er blickte zu Ewalt hinüber. „Vielleicht sollten wir beide unser Aufgabengebiet tauschen. Sagkra könnte Verdacht schöpfen, wenn ich ihm so bald wieder begegne. Ich werde mich stattdessen weiter der Person Haneche widmen und mir seinen Vorgesetzten vorknöpfen.“

Hauptkommissar Ewalt nickte zustimmend. „Dann werde ich abwarten, was die Observation ergibt und versuchen, noch mehr über Sagkra und seine Geschäfte herauszubekommen.“

Der Mercedes E 350 stand nicht wie am Vortag auf dem kleinen Parkplatz für Gäste vor dem Haupteingang, als Kommissar Thomas Becker und Polizeihauptmeister Max Schrader beim Hotel eintrafen. Sie wiesen sich bei der Dame an der Rezeption aus, baten um absolutes Stillschweigen und erfuhren, dass sich Ilja Sagkra noch auf seinem Zimmer befand und er seinen Wagen, wenn dieser nicht auf dem Parkplatz stand, sicherlich in der hoteleigenen Tiefgarage abgestellt habe. Während Becker sich davon überzeugte, bat Schrader die junge Dame, ihnen ein Zeichen zu geben, wenn Sagkra das Foyer betrat. Als Becker zurückkam, nahmen sie auf den beiden Barhockern gleich gegenüber der Rezeption Platz und beobachteten gelangweilt und schweigend das morgendliche Treiben im Hotel. Unauffällig prüfte Becker, ob die Innenbeleuchtung ausreichte, um mit der kleinen Digitalkamera auch ohne Blitz ein brauchbares Foto zu schießen. Nachdem der Test positiv verlaufen war, nickte er seinem Kollegen zu. Wenn Sagkra auftauchte, würde Becker versuchen ein aussagekräftiges Foto zu schießen und es dann vom Internetplatz für Hotelgäste ans Präsidium mailen, während sein Kollege der Zielperson folgte. Sie würden über Handy Kontakt halten und es irgendwie schaffen, wieder zueinander zu finden.

Es dauerte fast eine ganze Stunde, bis Sagkra, elegant gekleidet, aus dem Aufzug kam und die Dame an der Rezeption, als vereinbartes Zeichen, deutlich hörbar einen Schlüsselbund fallen ließ. Becker richtete aus der Hüfte sofort die Kamera auf Sagkra und schoss etliche Fotos, während dieser auf den Empfang zuging, den Zimmerschlüssel abgab und dann den Aufzug zur Hotelgarage ansteuerte. Rasch kontrollierte der Kommissar die geschossenen Fotos und setzte sich dann an den Computerplatz gleich neben der Rezeption.

Polizeihauptmeister Schrader war sofort aufgestanden, als der Schlüsselbund klirrend zu Boden fiel, und hatte sich auf den Weg zu ihrem Fahrzeug gemacht, einem älteren Audi. Sie hatten den Audi für die Verfolgung günstig positioniert. Über die Brüstung des Parkplatzes konnte man sehen, wenn der Mercedes die Tiefgarage verließ.

Schrader hatte es zeitweise schwer, dem wesentlich stärker motorisierten Mercedes zu folgen. Zum Glück herrschte reger Verkehr und die Fahrt ging nicht allzu weit. Gleich hinter der Rheinbrücke bog Sagkra rechts ab und fuhr in die Garage unter dem Schlossplatz. Zu Fuß eilte er zielstrebig zum Eingang der *BUGA*. Zum Glück war auch Schrader im Besitz einer Dauerkarte, sonst hätte wahrscheinlich bereits hier die Observation ein unrühmliches Ende gefunden. Sagkra ließ sich mit dem Besucherstrom durch die Freilandschau des Kurfürstlichen Schlosses treiben. Allerdings schien er sich recht wenig für den blütenreichen Rhododendronhain und seine Begleitbepflanzung zu interessieren. An den Rheinstufen angelangt, ging es Richtung Deutsches Eck. Der Polizeibeamte folgte ihm dicht auf den Fersen, denn er wollte den Mann auf keinen Fall in dem Gedränge verlieren. Von Zeit zu Zeit blieb Sagkra stehen und genoss wie andere Besucher die reizvoll gestaltete Anlage entlang des Rheins. Kurz vor dem Deutschen Eck bog er den Zugang hinauf zur Seilbahn ab und reihte sich, wie Schrader, in die Schlange der Wartenden. Wegen der vier vorhandenen Einlassautomaten gelang es dem Zivilfahnder, fast gleichzeitig einen davon zu erreichen. Er wurde zu der Kabine hinter Sagkra geführt und verlor, auf der Bergstation Ehrenbreitstein angekommen, diesen für kurze Zeit aus den Augen. Auch hier ließen sich beide weitgehend vom Besucherstrom treiben. Schrader nutzte die Gelegenheit, seinen Kollegen Becker über seinen Aufenthaltsort zu informieren. Becker versprach, so schnell wie möglich ebenfalls auf das Festungsplateau zu kommen und sich dann wieder über Handy zu melden.

Als Schrader sein Handy in die Gürteltasche zurücksteckte, sah er, dass Sagkra mit einer kleinen Kamera Fotos machte. Danach ging er einige Meter weiter, um dort erneut zu fotografieren. So durchwanderten er und sein Verfolger mehr als eine Stunde die *BUGA*-Anlage auf dem Festungsplateau. Inzwischen brannte die Sonne unbarmherzig auf die Besucher nieder. Sagkra hatte sein Jackett ausgezogen und über die Schulter gehängt. Schrader hatte es da besser. Er hatte am Morgen gleich in einem kurzärmligen Hemd seinen Dienst angetreten. Der Observierte bog plötzlich auf den Weg zurück zur Seilbahn ab und betrat durch das Feldtor die Festungsanlage. Er schien sich hier recht gut auszukennen, denn er hatte auf dem kürzesten Weg sehr rasch den oberen Schlosshof erreicht, den er überquerte und an einem der wenigen freien Außentische des *Restaurants Ferrari* Platz nahm. Er winkte einer Bedienung, die herbeieilte und ihm die Speisekarte brachte. Sagkra würde sich also hier eine Weile aufhalten. Schrader informierte Becker über die Situation und man entschied, dass Becker zu Fuß über die Brücke zur Schlossgarage gehen und dort auf die Rückkehr von Schrader und der Zielperson warten solle.

„Dann kannst du die Zielperson übernehmen, denn ich habe mir eine Blase gelaufen und bin froh, wenn der Tag um ist“, gestand Schrader seinem Kollegen stöhnend.

Fuß hatte sich auf die Suche nach dem Gärtner Josef Bendorf gemacht. Deshalb setzte sich Hauptkommissar Ewalt an den freien Schreibtisch seines Kollegen und wartete auf den Bericht von Becker und Schrader. Als per Mail das Foto von Sagkra kam, das Becker im Hotel geschossen hatte, druckte Liane es aus und reichte es Ewalt.

„Drucken Sie gleich mehrere aus.“ Er betrachtete eine Weile den Mann mit dem markanten Profil. Dass es sich um einen Kriminellen handelte, da war er sich, nach allem was er bisher von dem Mann wusste, sicher. Weshalb aber hielt er sich in Koblenz auf? Plante er das Fest der Blüten dazu zu benutzen, auch seine Blüten in Umlauf zu bringen? Oder steckte etwas ganz anderes dahinter und hatte man Haneche nur mit diesen Blüten aufs Kreuz gelegt? Vieles sprach dafür, denn immerhin waren zwei Banderolen mit echten Euro bestückt gewesen. Vielleicht doch ein Anschlag? Er warf einen Blick in die Liste der Stadtverwaltung, in der die Prominenten und die Termine aufgeführt waren, wann sie in Koblenz zur *BUGA* erwartet wurden. Dabei lief es ihm kalt den Rücken runter. Er legte die Liste beiseite und blätterte noch einmal die Protokolle durch, die sich angesammelt hatten. Hatten sie etwas übersehen, gab es doch irgendeinen Hinweis auf die Absicht von Sagkra? Was war wem fünfundzwanzigtausend Euro wert?

Das Telefon läutete. Am anderen Ende meldete sich Schäfer, überrascht, mit Ewalt verbunden zu sein. Der informierte zunächst den SpuSi-Mann über den Aufgabentausch. Dann unterbreitete Schäfer ihm die neue Erkenntnis aus der Laboruntersuchung.

„Die Frau hat in dem Hotel in Mülheim-Kärlich wohl nicht nur mit Haneche gevögelt. Da hat es einen flotten Dreier gegeben. Wir haben das Sperma von zwei Männern gefunden."

„Sagkra?"

„Möglich. Seht zu, dass ihr von ihm etwas bekommt, um auch von ihm eine DNA zu erhalten."

„Ich lasse Becker und Schrader informieren, vielleicht ergibt sich ja da eine Gelegenheit", entgegnete Ewalt und machte Liane ein Zeichen.

Die Kriminalhauptmeisterin, die das Telefonat mitgehört hatte, nickte und griff sofort zum Hörer, um Schrader zu informieren, der sich im Moment in der Nähe von Sagkra aufhielt.

„Wird gemacht", antwortete Schrader. „Im Moment verspeist die Zielperson ein Steak. Langsam sollte ich auch etwa zu essen bekommen, mir knurrt schon der Magen."

Seit fast einer Stunde wanderte er auf dem oberen Schlosshof umher, Sagkra immer im Visier, der erstaunlicherweise trotz der Besuchermassen bisher allein am Tisch saß. Der Observierte verhielt sich völlig unauffällig, hatte sich, während er auf das Essen wartete, zurückgelehnt und die Sonne genossen. Vielleicht erwartete er jemanden. Verdammt, warum hatte er nicht auch eine Fotokamera dabei? Sollte er doch Becker kommen lassen? Er blickte auf die Uhr. Becker war sicherlich bereits in der Schlossgarage. Aber jetzt war die Zeit zu knapp, um ihn dort abzuholen. Soweit er es von seiner Position aus sehen konnte, war das Steak fast aufgegessen, ebenso wie die Pommes. Nur den Salat hatte Sagkra bisher noch nicht angerührt. Plötzlich kam ihm die Idee, wie er an Spuren kommen konnte, um die DNA zu ermitteln. Aber wieder steckte er in einer Zwickmühle. Er hatte weder Handschuhe, noch etwas zum Eintüten dabei. Immer ein Auge auf Sagkra gerichtet, eilte er in das Restaurant. Er zeigte dem Kellner hinter der Theke seinen Ausweis und bat um einen Plastikbeutel und, falls irgendwo vorhanden, einen Einmalhandschuh oder etwas Ähnliches. Nach kurzer Zeit, während der Schrader immer wieder einen Blick durch die offene Tür zu Sagkra geworfen hatte, kam der Kellner mit zwei Gefrierbeuteln zurück. Schrader bedankte sich und begab sich wieder auf den Vorplatz. Gerade noch rechtzeitig, denn Sagkra winkte bereits der Bedienung. In der Gewissheit, dass der Beobachtete nicht bemerkt hatte, dass er observiert wurde, und der Tatsache, dass in der Schlossgarage Becker seinen Part übernehmen würde, eilte er geradewegs auf Sagkras Tisch zu.

„Ist hier noch frei?“

Der Mann reagierte wortlos mit einer einladenden Handbewegung. Der Polizeibeamte nahm gegenüber der Zielperson Platz und harrte der Dinge, die nun kommen würden. Offensichtlich hatte Sagkra es plötzlich eilig, denn er winkte erneut und recht nervös, diesmal mit seinem Portemonnaie, nach der Bedienung. Schrader war es nur recht in Ruhe überlegen zu können, was er einstecken würde. Offensichtlich hatte sein Gegenüber die Serviette benutzt, die würde in jedem Fall mitgehen, ebenso das Glas aus dem Sagkra getrunken hatte.

Es dauerte noch gut drei Minuten, bis endlich die Bedienung mit der Rechnung kam. Sagkra zahlte mit einem Fünfzig-Euro-Schein und gab ein großzügiges Trinkgeld. Dann erhob er sich schnell und verließ den oberen Schlosshof im Laufschritt.

„Was darf ich Ihnen bringen?“

Schrader erschrak. Daran hatte er gar nicht gedacht. „Bringen Sie mir bitte die Karte.“ Und schon war die Bedienung wieder zwischen den Tischen verschwunden. Rasch schlüpfte Schrader mit einer Hand in einen der Beutel und ergriff als Erstes das Glas, dann die Serviette und nach kurzem Zögern auch noch die Gabel. Alles verschwand in dem zweiten Beutel.

„Machen Sie das immer so?“, hörte er eine weibliche Stimme hinter sich. „Hallo, Herr Ober!!“

Es war Zeit zu gehen. Er sprang auf, ohne sich umzuschauen, und lief in die Richtung, in der Sagkra den oberen Schlosshof verlassen hatte. Als er das *BUGA*-Gelände betrat, war von Sagkra nichts mehr zu sehen. Im Laufschritt eilte er zur Bergstation der Seilbahn. Dort hatten sich wie üblich Schlangen gebildet. Aber auch hier war von der Zielperson nichts zu sehen. Hastig wählte Schrader die Nummer von Becker.

„Der Teilnehmer ist vorübergehend nicht erreichbar.“

Verdammt, hatte Becker sein Handy ausgeschaltet oder gab es in der Tiefgarage keinen Funkkontakt? Er wählte ein zweites Mal, doch wieder kam die Ansage „Der Teilnehmer ist vorübergehend nicht erreichbar.“

Hauptkommissar Fuß hielt sich zu diesem Zeitpunkt kaum zweihundert Meter von Schrader entfernt auf, umgeben von abertausenden blühenden Tulpen. Es hatte lange gedauert bis er sich durchgefragt und endlich Josef Bendorf gefunden hatte.

Bendorf war fast so groß und so alt wie Fuß, breitschultrig und hatte kurze, rotbraune Stoppelhaare, die farblich zu seinem fleischigen, naturgebräunten, runden Gesicht passten. Sein Händedruck zur Begrüßung war kräftig, die raue Haut der Innenfläche seiner Hände ließ erkennen, dass er in seinem Leben viel gearbeitet hatte. Bereits vom Aussehen und Auftreten war dieser Mann dem Hauptkommissar sympathisch.

Bendorf stieß einen langen Seufzer aus und strich sich dabei über seine Stoppelhaare. „Tjaaa, die Sache mit Haneche ist mir sehr nahegegangen. Er war ein netter Kerl, sehr fleißig und stets hilfsbereit ... auch wenn er kaum Ahnung von der Botanik hatte.“ Er lachte bei diesen Worten leise vor sich hin und blickte nachdenklich auf den Boden unter sich.

„Was haben Sie als Erstes gedacht, als Sie von seinem Tod erfuhren?“, wollte Fuß wissen und hielt sich dabei die Hand zum Schutz gegen die Sonne an die Stirn.

„Man hat mir gleich gesagt, dass er ermordet wurde. Darauf konnte ich mir keinen Reim machen.“ Er deutete mit der Hand in Richtung der Blumenhallen. „Wollen wir nicht dort hinüber gehen? Da ist es im Moment etwas schattiger und auch ruhiger ... Ja, was habe ich gedacht?“ Bendorf strich sich erneut über den Kopf. „Natürlich war auch meine erste Frage: warum?!“

„Hatte er Neider oder hat es hier unter den Gärtnern oder Helfern Ärger gegeben?“

Bendorf schüttelte den Kopf. „Haneche war eher etwas menschenscheu. Ich glaube nicht, dass er viel Kontakt mit anderen hier oben hatte. Er machte seine Arbeit ...“ Bendorf deutete in nördliche Richtung. „Beim Anlegen dieser Beete hat er zum Beispiel mitgeholfen.“

„Herr Hoffmann meinte, er habe viel Gespür für Formen und Farben gehabt."

Bendorf blieb einen Moment stehen und lachte herzhaft. „Das hat Hoffmann gesagt?" Er zog die Schultern hoch. „Der muss es ja wissen!"

Fuß stutzte wegen dieser Reaktion. „Trifft die Aussage von Hoffmann nicht zu?"

Bendorf setzte den Weg wieder fort. „Doch, doch. Nur dass so etwas gerade Hoffmann sagt ..."

„Wieso?"

„Hoffmann! Ich will ja nichts gegen ihn sagen, aber er bildet sich auf sein fachliches Wissen wohl mehr ein, als es der Realität gerecht wird. Das ist meine persönliche Meinung, Sie müssen ihm das nicht unbedingt erzählen. Aber ..." Bendorf machte eine lange Pause, in der die beiden gut und gerne zehn Meter zurücklegten. Fuß schwieg bewusst. Er wollte den Aber-Satz schon zu Ende hören.

„Wissen Sie, keiner von uns Praktikern hier versteht, wie der Mann zu dem Auftrag gekommen ist. Wahrscheinlich viel Vitamin B. Aber, leben und leben lassen. Es gibt ja in jedem Beruf solche und solche. Mehr will ich dazu nicht sagen."

„Aber Hoffmann hat doch wohl Haneches Einstellung unterstützt."

„Mag sein. Er war auch einige Male hier oben und hat sich nach Haneches Arbeitsweise erkundigt. Ich hatte das Gefühl ..." Er brach ab und machte eine kurze abwehrende Handbewegung.

„Sprechen Sie ruhig aus, was Sie sagen wollten. Ich werde es nicht verwenden, es sei denn, es trägt zur Aufklärung des Falles bei. Das werden Sie verstehen?!"

„Es hat mit dem Fall sicherlich nichts zu tun. Aber ich habe das Gefühl, Hoffmann hat einen Hang zu Männern und Haneche gefiel ihm.“

„Sie meinen, die beiden ...“

„Das habe ich damit nicht sagen wollen, um Gottes willen nein. Aber irgendwie gefiel ihm dieser junge Mann, das war nicht zu übersehen. Allerdings hatte ich nicht den Eindruck, dass Haneche darauf reagiert hat.“

„Was für einen Umgang hatte Haneche denn außerhalb seiner Arbeit?“

Wieder schüttelte Bendorf den Kopf. „Dazu kann ich Ihnen gar nichts sagen. Ein einziges Mal bin ich ihm abends in Koblenz begegnet. Aber da saß er mutterseelenallein auf einer Bank am Rhein und träumte vor sich hin ... hatte ich zumindest das Gefühl. Er hat mich gar nicht gesehen.“

„Wissen Sie, wo er gewohnt hat?“

„Ich glaube in einer WG irgendwo drüben in Lützel. Ich habe ihn mal gefragt und da ist er mir ziemlich ausgewichen. Es war ihm wahrscheinlich peinlich, in so einem Ausländerloch zu viert auf einem Zimmer zu wohnen.“

Fuß schaute Bendorf etwas mitleidig an. Warum sollte er dem Mann das Bild von Haneche zerstören? Haneche war tot. Aber eines war sicher, Haneche hatte ein Doppelleben geführt. Dessen war er sich nach dieser Äußerung von Bendorf sicher.

Als Becker schwitzend die Schlossgarage erreicht hatte, genoss er erst einmal für eine Minute die im Vergleich zur Außentemperatur angenehme Kühle darin. Dann machte er sich auf die Suche nach dem Mercedes von Sagkra. Die 480 Parkplätze waren alle belegt. Als Erstes entdeckte er Schraders Audi. Die Annahme, es müsse nun auch Sagkras Fahrzeug in der Nähe stehen, schien ihm zunächst falsch. Als er jedoch die parallel verlaufende Parkreihe absuchte, stellte er fest, dass die Fahrzeuge doch recht dicht beieinander standen und er sogar vom Audi aus den Mercedes problemlos beobachten konnte.

Also öffnete er mit dem Zweitschlüssel den Audi, setzte sich hinein und machte es sich, so gut es ging, bequem. Er rechnete damit, dass es mindestens anderthalb oder sogar zwei Stunden dauern würde, bis Sagkra und sein Kollege zurückkamen. In der eingeschossigen Garage herrschte reger Verkehr. Kaum hatte ein Fahrzeug seinen Stellplatz verlassen, tauchte schon ein nächstes auf.

Nach einer guten Stunde verspürte Becker einen Druck auf der Blase. Da er sich sicher war, dass Schrader ihr Kommen rechtzeitig ankündigen würde, machte er sich auf die Suche nach einer Toilette, die er auch recht schnell fand. Er war froh, sich gleichzeitig auch die Füße etwas vertreten zu können. Wieder zurück öffnete er erst einmal den Kofferraum, um sich aus dem Sixpack, das er immer mitführte, wenn observiert wurde, eine kleine Flasche Mineralwasser zu holen. Er schloss den Kofferraum wieder, öffnete mit einem Zisch die kleine PET-Flasche und setzte sie an. Fast hätte er den ersten Schluck wieder ausgespuckt, weil gleichzeitig sein Blick hinüber zu dem Parkplatz des Mercedes fiel. Doch dort stand jetzt ein blauer Ford Galaxy. Verflucht, warum hatte Schrader ihn nicht angerufen und wo war sein Kollege? Während er sein Handy aus der Tasche zog, blickte er sich in der Tiefgarage um. Schrader war nirgends zu sehen. Hastig tippte er dessen Nummer ein, dabei fiel sein Blick auf das aufleuchtende Display. *Netzsuche.* Verdammt, daran hatte er nicht gedacht.

Die Hiobsbotschaft, dass Becker und Schrader die Zielperson verloren hatten, kommentierte Fuß nur mit einem tiefen Seufzer. Irgendetwas musste ja schiefgehen. Aber er konnte nicht begreifen, wieso die beiden nicht daran gedacht hatten, dass in vielen Tiefgaragen Handys keinen Netzempfang hatten.

Liane hatte sofort im Hotel angerufen und sich nach Sagkra erkundigt. Der war jedoch bislang nicht dorthin zurückgekehrt. „Was sollen die beiden jetzt machen?", wollte sie von Fuß wissen.

„Sich weiter im Hotel auf die Lauer legen", knurrte Fuß gereizt.

Die Kriminalhauptmeisterin gab die Anweisung sofort an die Pechvögel weiter.

Auch wenn sie es nicht gerne zugab, Erika Rindsfüßer war wieder in ihrem Element. Obwohl sich gegen Abend von der Eifel her der Himmel zuzog, hatten wieder viele Gäste den Weg in die Straußwirtschaft gefunden. Es war wie in alten Zeiten, Gäste standen an der Theke unten und an der Bar auf der Terrasse und hielten wie hungrige Tiger Ausschau nach Gästen, die zahlten. Manchmal fragte sie sich, wie sie es damals geregelt bekamen, als es die Plätze auf der Terrasse noch nicht gegeben hatte. Auch wenn sie jedem erzählte, dass sie „froh ist, wenn das alles mal ein Ende hat", so konnte sich kaum einer, der sie kannte, vorstellen, dass es jemals ein Ende geben würde. Erika und Wilfried waren so etwas wie eine familiäre Institution für ihre Gäste geworden, wo man hinging, sich mit Gleichgesinnten traf und für ein paar Stunden entspannen konnte. Und gerade jetzt, zur *BUGA*-Zeit, brachten viele noch zusätzlich ihren Besuch mit, der zur Gartenschau nach Koblenz gekommen war.

Auch Halina, die polnische Küchenfee, hatte alle Hände voll zu tun. Denn fast jeder Gast labte sich nicht nur am Wein, sondern genoss auch das schmackhafte Angebot von der Speisekarte.

Renate, der weibliche Hansdampf des Services, eilte die Treppe zur Terrasse hinauf und hinunter, während Erika sich den Gästen in den drei Schankräumen widmete.

„Wenn mein Alter nicht bald kommt, wird er erschossen!“, verkündete Erika unter dem Gelächter des Stammtischs, der sich an diesem Abend an dem großen Tisch im überdachten Hof zusammengefunden hatte. „Der meint immer, er sei unersetzlich und sammelt Überstunden wie andere Rabattmärkchen.“ Und schon verschwand sie wieder in der Küche, um von Halina fertig zubereitete Teller mit Bratenschnittchen und Kartoffelsalat zu Gästen in den großen Schankraum zu bringen.

„Ist auf der Terrasse noch ein Platz frei?“

Erika drehte sich um und erblickte einen Schönling, wie sie ihn hinter seinem Rücken bezeichnen würde.

„Da müssen Sie schon selbst einmal nachschauen, ich habe auch nur zwei Augen und die sind hier unten.“

Der Fremde blickte sie etwas verwirrt an. Offenbar hatte er mit einer solchen Antwort nicht gerechnet. Wortlos drehte er sich um und steuerte, eine prall gefüllte Plastiktüte in der Hand, auf die offene Tür zu, die zur Terrasse führt.

„Bin ich Jesus, weiß ich alles?“ Erika schaute ihm kurz hinterher und verteilte dann die Teller, die sie aus der Küche mitgebracht hatte. Sie hatte ein gutes Personengedächtnis und war sich sicher, diesen Mann noch nie gesehen zu haben. Sie nahm sich vor, sich später, wenn ihr Mann da war, bei dem Gast zu entschuldigen.

Ein lautes „Hallo“, das aus dem dritten Schankraum herüberdrang, gab ihr die Gewissheit, dass ihr „Alter“ gekommen sein musste.

„Was macht die *BUGA*-Leiche?“

Fuß winkte kopfschüttelnd ab und zwängte sich zwischen Gästen und Stühlen in den Lageraum hinter dem Hof, legte seine Aktentasche ab und band sich rasch seine blaue Winzerschürze um, auf der ein Weinblatt aufgedruckt war. Dann machte er sich auf den Weg zur Terrasse, wo er ebenfalls von vielen Gästen lauthals begrüßt wurde.

„Ihr habt ja alle nichts mehr zu trinken!“ Rasch eilte er zu der kleinen Eckbar, schnappte sich gleich vier verschiedene Flaschen auf einmal und machte eine erste Tischrunde.

Auf einem eben erst frei gewordenen Stuhl unter dem überdachten Teil der Terrasse hatte der Schönling Platz genommen.

„Sie haben ja noch gar kein Glas“, stellte Fuß fest.

„Wundert Sie das, bei der Bedienung“, kam es etwas schnippisch zurück.

„Wie meinen Sie das?“

„Ich habe nur zwei Augen und die sind hier unten“, äffte der etwa dreißigjährige Solariumgebräunte Erika nach.

„Ach, das war sicher meine Frau“, lachte Fuß. „Die dürfen Sie nicht ernst nehmen, das tue ich auch schon seit fast einem halben Jahrhundert nicht mehr. Was darf ich Ihnen denn jetzt bringen?“

Der Mann bestellte einen halbtrockenen Schoppen, den er auch sofort serviert bekam. Danach setzte Fuß seine Tischrunde mit vier neuen Flaschen fort.

Wie üblich mussten die noch auf der Terrasse verbliebenen Gäste diese um zweiundzwanzig Uhr verlassen. Recht schnell leerten sich an diesem Abend auch die Schankräume, sodass sich Fuß, nachdem er die Kühlschränke wieder mit Getränken aufgefüllt hatte, zu seinen Gästen am Stammtisch setzen konnte. Dann wusste jeder, er gab entweder eine seiner Raritäten aus dem Weinkeller zum Besten oder kredenzte einen gelungenen neuen Jahrgang.

Tatsächlich stand Fuß nach einer Weile auf und verschwand hinter der Tür zum Lagerraum, von dem aus man über eine Treppe den Weinkeller erreichte.

Erwartungsvolle Gesichter blickten ihm entgegen, als er nach wenigen Minuten mit noch unetikettierten Flaschen wieder den Hof betrat. Der neue Jahrgang war also angesagt.

„Das hier ist der neue Dornfelder, noch ein bisschen jung, ihm fehlt noch die nötige Reife und daneben probieren wir jetzt den neuen Kerner, sehr trocken und vollmundig."

Während Erika in der Küche ein paar Käsewürfel zubereitete, goss der Hauptkommissar jedem ein Glas roten und ein Glas weißen Wein ein. Er empfahl, zuerst den Kerner zu verkosten. Alle hielten sich daran und so stieß man zunächst, fast ehrfurchtsvoll, auf den neuen Wein an.

Während Fuß noch die Farbe des Weines in seinem Glas betrachtete, donnerten plötzlich laute Faustschläge gegen die Eingangstür im vorgelagerten Schankraum.

Erschrocken stellte Fuß sein Glas ab und drehte sich um. „Wer spinnt sich denn da einen ab?"

Ein von der Straße hereindringendes „Wilfried, Erika, es brennt bei euch!" ließ alle aufhorchen, während Fuß bereits zur Tür eilte und Erika fast hysterisch „Was!!?" schrie.

Draußen stand eine Nachbarin, die aufgeregt seitlich nach oben deutete. „Bei euch auf der Terrasse brennt es!"

Fuß brauchte nicht aus dem Haus zu treten, er konnte den Feuerschein an der gegenüberliegenden Hauswand deutlich sehen. Er drehte sich auf dem Absatz um und machte sich auf den kürzesten Weg durch den oberen Schankraum zur Terrasse hin.

Inzwischen waren auch alle Anwesenden aufgesprungen und hatten sich auf den Weg durch die Küche zum Brandort gemacht. Nur Erika war, einem Kollaps nahe, wie erstarrt sitzen geblieben und hatte das Gesicht in ihren Händen vergraben.

In der Ecke des überdachten Terrassenteils loderten die Flammen, starker Qualm zog von der Terrasse über die Straße und stieg durch die Häuserlücke gegenüber in den Himmel.

„Wasser, schnell!“ Fuß rannte quer über die Terrasse zum Wasserhahn und hatte mit wenigen Handgriffen den Schlauch angeschlossen, mit dem er von Zeit zu Zeit die Terrasse abspritzte. Einige hatten instinktiv die Wasserflaschen von ihren Tischen mitgebracht und versuchten bereits, damit das Feuer zumindest einzudämmen.

„Beiseite!“, schrie Fuß und kam, den Schlauch hinter sich her ziehend über die Terrasse zurück. Dabei wurden einige Gäste vom bereits spritzenden kalten Wasserstrahl getroffen und schrien erschrocken auf.

Binnen einer Minute war der Brand gelöscht. Da jemand inzwischen auch das Terrassenlicht eingeschaltet hatte, konnte man jetzt sehen, was geschehen war. Einer der seltenen Eltzer Stühle, auf die Erika und Fuß besonders stolz waren, war verbrannt und die Seite des Tisches, hinter dem der Stuhl gestanden hatte, war ebenfalls vom Feuer erfasst worden.

„Was ist passiert?“, war von unten zu hören. Erika traute sich nicht die Treppe hinaufzusteigen. Sie stand in der Tür, hielt sich an beiden Seiten, am ganzen Körper zitternd, fest.

Während sich der Qualm noch über die Balustrade verzog, betrachtete Fuß den Schaden aus der Nähe. Dabei entdeckte er unter dem verbrannten Stuhl etwas, ein Häufchen verbranntes Etwas. Sofort fiel ihm der Mann ein, der sich über Erika und ihren Spruch aufgeregt und den ganzen Abend über auf diesem Stuhl gesessen hatte. Was immer dieses Etwas auch war, man würde abwarten müssen, bis alles ausgekühlt war und es dann genauer untersuchen. Aber das hatte Zeit bis morgen und keiner konnte es besser als sein Kollege Schäfer.

Fuß war trotz des Brandanschlags pünktlich ins Büro gefahren. Er hatte sich zwar gleich nach dem Aufstehen noch einmal die Brandstelle angeschaut, konnte aber nicht mehr feststellen als am Vorabend. Noch vor der Abfahrt hatte er seinen Freund und Kollegen Schäfer angerufen und ihn gebeten, sich das merkwürdige Etwas genauer anzuschauen. Ihm war nach dem ersten Schock sofort klar geworden, dass dies kein spontaner Racheakt des Mannes wegen der eigentlich harmlosen Bemerkung seiner Frau sein konnte. Renate, die den Brand miterlebt hatte, bestätigte ihm die Aussage von Erika, dass der Mann mit einer Plastiktüte die Straußwirtschaft betreten habe. Allerdings hatte niemand beobachtet, ob er sie später beim Verlassen auch wieder bei sich trug.

„Gott, was war das heute Nacht für eine Aufregung. Ich habe gemeint, ich bekomme einen Herzinfarkt“, begrüßte Erika den Hauptkommissar der Spurensicherung und führte ihn hinauf auf die Terrasse.

Nachdem Schäfer die Brandstelle von allen Seiten fotografiert hatte, ließ er sich von Erika eine Handschaufel geben und bugsierte vorsichtig das ganze in sich verklumpte Etwas in eine große mitgebrachte Plastiktüte. „Das war's schon. Den Rest macht das Labor."

Als Schäfer gegangen war, begann Erika zusammen mit Halina, die gar nichts von den Aufregungen des gestrigen Abends mitbekommen hatte, die verbrannten Teile wegzuschaffen. Günther, Renates Mann, hatte versprochen, nach Ende seiner Schicht gegen Mittag vorbeizukommen und die verrußte Wand zu streichen. Dank der Nachbarin hatte man den Brand so rechtzeitig entdeckt, dass sich der Schaden, von Stuhl und Tisch einmal abgesehen, in Grenzen hielt. Kaum einer der Gäste würde ahnen, was sich am Abend zuvor hier abgespielt hatte.

Fuß hatte sich entgegen ersten Überlegungen auf der Fahrt von Alken nach Koblenz nun doch entschlossen, seine Kollegen über das mysteriöse Feuer und seinen Verdacht zu informieren. Vorsorglich gab er allen eine Personenbeschreibung des Unbekannten.

„Wenn sich dein Verdacht im Laufe der weiteren Ermittlungen verhärtet, dann ...", begann Ewalt, wurde aber sofort von Fuß recht barsch unterbrochen.

„Dann passiert gar nichts! Ich lasse mich bei meiner Arbeit von niemandem beeinflussen oder gar erpressen. Und, dass mir keiner auf die Idee kommt, mir irgendeinen Schatten als Personen- oder Objektschutz anzuheften. Wer sich mit mir anlegt, muss auch mit mir rechnen und sonst keinem. Ist das klar?!"

Es war klar und überdeutlich. Liane schaute ihren Chef bewundernd an. Andere hätten sicherlich sofort den Fall abgegeben oder sich für eine Zeit lang beurlauben lassen.

„Dann warten wir mal das Ergebnis des Labors ab", versuchte Weberknecht das Thema abzuschließen. Zu gern hätte er jetzt eine Zigarette geraucht, während des Rauchens konnte er immer am besten nachdenken.

5.

Am Nachmittag rief Hauptkommissar Schäfer bei Liane an und bat sie, möglichst bald die Soko zusammenzutrommeln. In freudiger Erwartung startete sie sofort den Rundruf, der sich allerdings als recht schwierig erwies. Fuß und Ewalt hatten ihre Handys abgeschaltet, sie musste ihre Nachricht auf die Mailbox sprechen. Nur Weberknecht meldete sich sofort. Er hatte sich die Beschreibung der Unbekannten mitgenommen und war noch einmal zum Hauptbahnhof gefahren. Vielleicht hatte ja einer der Bahnbediensteten oder der Geschäftsleute die Frau mit den auffallend hohen Absätzen in Erinnerung und konnte noch wichtige Hinweise geben oder kannte sie sogar.

Fuß hatte eine Personenbeschreibung des unbekannten Gastes in der Straußwirtschaft angefertigt und das Foto von Sagkra mitgenommen und war erneut zum Hotel nach Mülheim-Kärlich gefahren, nachdem Schäfer aufgrund der Sperma-DNA von einem flotten Dreier gesprochen hatte. Vielleicht konnte man die dritte Person, die sich in dieser Nacht in dem Hotelzimmer aufgehalten hatte, outen. Bei Sagkra war sich die junge Frau sicher, ihn noch nie gesehen zu haben. Die Beschreibung des anderen Mannes erinnerte sie an eine Person, die in letzter Zeit einige Male für ein oder zwei Nächte im Hotel übernachtet hatte. Einen Kontakt zwischen diesem Gast und dem Ermordeten hatte sie jedoch nicht beobachtet.

Hauptkommissar Ewalt hatte die gleiche Idee wie Fuß und versuchte sein Glück bei Michael Hoffmann. Allerdings war dieser, im Gegensatz zu Ewalts erstem Besuch, weniger aufgeschlossen und stellte ohne große Umschweife mit einem kurzen Blick auf Foto und Personenbeschreibung nur fest, dass er keinen der beiden kenne, auch niemanden, der der Personenbeschreibung auch nur annähernd ähnlich sah. Dann verwies er auf einen Besprechungstermin, der unmittelbar bevorstehe und bat um Verständnis, nicht mehr Zeit für die Ermittlungen der Polizei zu haben. Man möge ihn aber sofort informieren, wenn der Mörder von Haneche gefasst sei. Die Aufklärung läge ihm sehr am Herzen.

So kam die Sitzung der *Soko Blütenpracht* erst viel später zustande, als Schäfer sich erhofft hatte. Er konnte es kaum erwarten bis Fuß als Letzter endlich im Besprechungsraum erschien.

„Es gibt einige interessante Neuigkeiten", begann Schäfer und alle konnten deutlich sehen, dass der sonst so gelassen wirkende Hauptkommissar durchaus auch anders sein konnte. „Zunächst zu der DNA von Sagkra. Sie stimmt nicht mit der DNA der dritten Person im Hotelzimmer überein."

„Die Tante an der Rezeption des Hotels kannte ihn auch nicht", warf Fuß ein.

„Dann hat mich der Pathologe angerufen. Er ist mit der Obduktion fertig. In Haneches Blut wurde eine Substanz gefunden, die unter anderem auch in bestimmten Düngemitteln enthalten ist. Das ist nicht verwunderlich, da er als Hilfsgärtner gearbeitet und durchaus beim Streuen von Dünger Partikel davon eingeatmet haben kann. Allerdings wurde im Blut auch eine Substanz gefunden, die nichts mit Dünger zu tun hat, sondern mit Lösungsmitteln in Verbindung steht, die kaum etwas mit seiner Gartentätigkeit zu tun haben kann und zudem in Deutschland und den meisten westlichen Ländern verboten ist. Ich bekomme aber noch eine Aufstellung, in welchen Lösungsmitteln beziehungsweise Ländern diese Substanz noch verwendet wird." Er blickte von seinen Unterlagen auf und schaute Fuß an. „Und nun zu dem Anschlag auf die Straußwirtschaft." Als er Fuß' zweifelndes Gesicht sah, bestätigte er nochmals mit Nachdruck: „Ja, es war eindeutig ein Anschlag."

„Also doch." Ewalt beugte sich grinsend zu Fuß hin. „Fuß, Fuß, wem hast du auf die Füße getreten?" Damit war der Sache etwas der Ernst genommen.

„Ich finde das nicht lustig", gab Liane von sich. „Was wird das Nächste sein?"

Fuß musste sich in diesem Moment eingestehen, dass ihm Schäfers Mitteilung nicht ganz gleichgültig war. Dabei dachte er weniger an sich, als an Erika und die Gäste der Straußwirtschaft. Man musste in Zukunft etwas vorsichtiger mit unbekannten Gästen sein. Zumindest so lange, bis man wusste, wer der Attentäter und vor allem was der Grund für diesen Anschlag war. Fuß selbst war sich nicht sicher, dass dieser im Zusammenhang mit der *BUGA*-Leiche und der Aufklärung des Falls stehen musste. Er machte einen letzten Versuch, Schäfers Aussage infrage zu stellen. „Woher willst du wissen, dass es tatsächlich ein bewusst herbeigeführter Anschlag war?"

„Zugegeben, es war etwas mühsam den verbrannten Klumpen zu analysieren, aber in der Plastiktüte befand sich alles, um zeitversetzt ein Feuerchen zu machen. Und das unter einem Holzstuhl ..., das nenne ich vorsätzlich."

„Also, spuck dich aus", brummte Fuß, nachdem sein letzter Versuch, das Ganze herunterzuspielen, gescheitert war.

„Es war zwar eindeutig eine amateurhafte Bastelarbeit, aber sie hat funktioniert. Eine kleine Batterie, die über eine billige

Digitaluhr einen Draht zum Glühen brachte, etwa Holzwolle und mittendrin, in einer kleinen Plastikflasche, Brennspiritus und jede Menge brennbares Material ... in Wachs getränkter Stoff. Sehr simpel erdacht, aber es hat funktioniert und wahrscheinlich den Zweck erfüllt."

„Welchen Zweck?", wollte Fuß aufgebracht wissen.

„Eine Warnung, denke ich. Denn der Täter musste davon ausgehen, dass er so, wie er den Brandsatz zurückgelassen hat, nicht gerade einen Großbrand inszenieren konnte. Hätte er das gewollt, wäre der Plastikbeutel im Haus deponiert und der Glühdraht erst mitten in der Nacht zum Glimmen gebracht worden."

Vorübergehend herrschte teils nachdenkliches, teils betroffenes Schweigen im Raum.

„Das war's?", fragte Fuß plötzlich mit fester und entschlossener Stimme in die Stille hinein.

Weberknecht ergriff das Wort: „Ich habe noch eine Frage und weiß nicht, ob es dazu bereits eine Erkenntnis gibt. Ich war eben nochmals am Bahnhof und habe verschiedene Leute befragt wegen der Frau mit den hohen Stöckeln. Alles leider negativ, aber wissen wir eigentlich, wie die Frau von der Seilbahntalstation zum Bahnhof gekommen ist?"

Merkwürdigerweise schauten alle gleichzeitig zu Liane hin. „Bin ich jetzt dafür verantwortlich, wenn das noch nicht geklärt ist?" Der Ton ihrer Stimme, zwischen aufmüpfig und beleidigt, stand im krassen Gegensatz zu ihrem blassen Gesicht. Die Vorstellung, dass auf Fuß ein Anschlag verübt worden war, selbst wenn er nur als Warnung angesehen wurde, hatte sie sehr mitgenommen.

Fuß versuchte sofort die unerwartet entstandene Situation zu entschärfen. „Missverständnis. Kein Vorwurf, sondern die Bitte, noch einmal Kontakt zu den Taxifahrern aufzunehmen, denn so wie uns die Unbekannte beschrieben wurde, ist die bestimmt nicht zu Fuß vom Deutschen Eck bis zum Bahnhof gestakst. Allein bei der Vorstellung tun mir schon die Füße weh."

Liane schien mit der Erklärung zufrieden. „Gut, dann werde ich das übernehmen."

Alle waren spürbar erleichtert, dass es in der kleinen *Soko Blütenpracht* zu keinem Eklat gekommen war und glücklicherweise gerade jetzt jemand an die Tür klopfte.

Liane, die nahe der Tür saß, sprang auf und öffnete. Ein Polizist der Wache im Präsidium begleitete zwei Frauen in den Raum.

„Die Damen möchten mit Hauptkommissar Rindsfüßer sprechen, es geht wohl um den Toten in der Seilbahn."

Fuß erhob sich etwas schwerfällig von seinem Stuhl und ging auf die beiden Frauen zu, von denen eine etwas schüchtern und blass hinter der wesentlich eleganteren Frau stehen blieb, die eine Aktentasche in der Hand hatte.

„Nada Kovac", stellte sie sich vor und streckte Fuß zur Begrüßung die Hand entgegen. „Ich bin Dolmetscherin und das hier ist Vesna Haneche. Der Namen wird Ihnen sicherlich bekannt sein. Sie ist die Ehefrau von Bashkim Haneche ..."

„Sprechen Sie Frau Haneche bitte unser herzliches Beileid aus."

Wieder einmal bewunderte Liane die spontan richtige Reaktion ihres Chefs. Alle Anwesenden standen auf, während Frau Kovac die Kondolenzworte übersetzte, und gaben Frau Haneche nacheinander die Hand.

„Bitte nehmen Sie Platz", bat Fuß die beiden Frauen. Auch alle anderen kehrten wieder zu ihren Stühlen zurück.

„Dürfen wir Ihnen etwas zum Trinken anbieten?"

Nach einem kurzen Wortwechsel zwischen den beiden Frauen verneinte Frau Kovac. „Frau Haneche ist gekommen, um mehr über den Tod ihres Mannes zu erfahren.“

Fuß flüsterte Ewalt kurz etwa zu, worauf dieser sich an Frau Kovac wandte. „Vielleicht ist Frau Haneche bereit, uns erst ein paar Fragen zu beantworten, die für unsere Ermittlungen wichtig sind.“

Frau Kovac übersetzte und Frau Haneche nickte.

„Seit wann hat sich Bashkim Haneche in Österreich und Deutschland aufgehalten und welchen Beruf hatte er?“

Die Antwort schien recht umfangreich zu werden, denn während eines Zwiegesprächs öffnete Frau Kovac die Aktentasche, entnahm ihr Block und Stift und machte sich Notizen, die sie dann bei der Beantwortung zuhilfe nahm.

„Bashkim Haneche war bis vor drei Jahren beim Militär, einen richtig erlernten Beruf hatte er nicht. Mit siebzehn Jahren wurde er bereits einberufen. Sie erinnern sich vielleicht ... der Kosovokrieg im März und Juni neunundneunzig. Beim Militär hatte er viel mit Autos zu tun, fahren, reparieren und dergleichen. Nachdem seine Tochter geboren wurde, ist er vor drei Jahren nach Österreich gegangen, um mehr Geld für seine Familie zu verdienen. Dort hat er verschiedene Arbeiten angenommen, die immer etwas mit Autos zu tun hatten, zuletzt als Fahrer. Bei einer Tour nach Deutschland ...“, sie hielt kurz Rücksprache mit Frau Haneche und fuhr dann fort, „... genauer gesagt nach Koblenz, hat er wohl hier Arbeit angeboten bekommen.“

„Wann war das genau?“, wollte Ewalt wissen.

Liane Esser schrieb eifrig mit.

„Das muss Ende letzten Jahres gewesen sein“, übersetzte Frau Kovac.

Fuß meldete sich zu Wort. „Wann hat Frau Haneche ihren Mann zuletzt gesehen?“

„Anfang März war er das letzte Mal in Pristina.“

„Was hat er damals seiner Frau von seiner neuen Arbeit erzählt?“

Wieder entstand ein längeres Gespräch zwischen der Dolmetscherin und Frau Haneche, bei dem diese mehrmals mit den Tränen kämpfte.

„Bashkim war sehr sretan ... glücklich. Ihm gefiel die Arbeit im Freien mit Pflanzen, Blumen und er versprach seiner Frau, sie und das Kind bald nach Deutschland holen zu können.“

„Wie sollte das geschehen? Verfügte Herr Haneche über so viel Geld?“

„Frau Haneche sagt, Bashkim habe hier gut verdient, weil er sehr fleißig war und gute Arbeit hatte.“

Fuß, Ewalt und Weberknecht schauten sich überrascht an.

„Was versteht Frau Haneche denn bitte unter gut verdienen?“, hakte Fuß etwas belustigt nach.

Die Antwort kam erstaunlich schnell. „Genug, um in Deutschland ein besseres Leben zu führen als in Pristina, hat er seiner Frau gesagt.“

Nun war das keine konkrete Auskunft. Es zeigte aber, dass Haneche sicherlich nicht an die sieben Euro dreißig Stundenlohn gedacht hatte, sondern eher an die gefundenen fünfundzwanzigtausend Euro. Oder erwartete er sogar noch mehr?

„Wie lange wird Frau Haneche in Koblenz bleiben?“

„Sie ist erst heute Morgen angekommen. Wie lange sie bleiben will, hängt davon ab, wann sie die Leiche ihres Mannes mit nach Pristina holen kann.“

„Sagt ihr der Name Ilja Sagkra etwas?“, kam es plötzlich Weberknecht in den Sinn.

Alle konnten deutlich sehen, wie sich das Gesicht der bisher blassen und fast verängstigt wirkenden Frau erhellte, nachdem die Dolmetscherin ihr die Frage übersetzt hatte. Es war sogar ein leichtes Lächeln bei Frau Haneche erkennbar, als sie, ohne zu zögern, antwortete.

„Er war ein Freund von Bashkim, wohl ein sehr guter."

Endlich sah Fuß Licht am Ende des Tunnels. „Kennt Frau Haneche Herrn Sagkra, hat sie ihn jemals gesehen oder sogar gesprochen?"

„Nije."

„Nein, nie!"

Es entstand eine kurze Pause. Jeder schien seinen eigenen Gedanken nachzugehen, ob sich das bisherige Bild des Mannes durch die Aussage seiner Frau geändert hatte und ob sich aus den Informationen Rückschlüsse auf ein Motiv ergaben. Schließlich stellte Frau Haneche über die Dolmetscherin ihre erste Frage.

„Frau Haneche hat von den Behörden in Pristina nur mitgeteilt bekommen, dass ihr Mann tot sei. Woran ist er denn so unerwartet gestorben?"

Wieder schauten sich die drei Kriminalbeamten erstaunt an und auch Liane unterbrach erschrocken ihr Mitschreiben. Wusste Frau Haneche wirklich nicht, dass ihr Mann ermordet worden war?

Nachdem alle Augen plötzlich auf Hauptkommissar Fuß gerichtet waren, antwortete er nüchtern, versuchte aber, seiner Stimme einen warmen Ton zu verleihen: „Er wurde ermordet aufgefunden."

Diese offenbar bisher für die Ehefrau unbekannte Tatsache schien selbst die Dolmetscherin zu schocken. Es dauerte eine ganze Weile, bis sie die Information übersetzte. Vielleicht suchte sie auch nur nach einer etwas anderen Formulierung, als Fuß sie gewählt hatte. Das noch vor wenigen Augenblicken gelöste, fast fröhliche Gesicht von Vesna Haneche wurde schlagartig wieder aschfahl und im gleichen Moment verfiel sie in einen langen, markerschütternden Schreikrampf, der in einem hemmungslosen Weinen endete.

Frau Haneche hatte einen Schwächeanfall erlitten und war zeitweise nicht ansprechbar. Es blieb der Soko nichts anderes übrig, als einen Notarzt herbeizurufen, der sie vorsorglich zur Beobachtung ins Krankenhaus einwies. Die Dolmetscherin versprach den Kontakt zwischen Frau Haneche und der Soko zu halten und vor allem über den jeweiligen Aufenthaltsort der Frau zu informieren.

„Eines steht fest, Haneche glaubte, er habe viel Geld in Aussicht und war sich seiner Sache sicher", stellte Ewalt fest, nachdem wieder Ruhe eingetreten war. „Die Frage ist nur, was sollte er dafür tun oder hat es vielleicht nicht getan und mit dem Leben bezahlt?"

Fuß nickte zustimmend. „Ich bin sicher, dass Sagkra der Auftraggeber von Haneche war. Egal worum es geht, und Sagkra ist auch möglicherweise für Haneches Ermordung verantwortlich. Immerhin kannte sogar Haneches Frau seinen Namen und er hat ihr gegenüber Sagkra als seinen Freund bezeichnet."

Tatsächlich war am Abend auf der Terrasse nichts mehr von dem nächtlichen Feuer zu sehen. Erika, Renate und ihr Mann Günther hatten ganze Arbeit geleistet. Lediglich der Tisch war ausgetauscht worden und einer der Eltzer-Stühle fehlte. Beides wurde von den Gästen nicht bemerkt.

Es waren allerdings an diesem Abend nur Witterungsimmune auf der Terrasse zu finden, denn es hatte sich nicht nur eine dichte Wolkendecke über das Moseltal gelegt, sondern es regnete von Zeit zu Zeit recht heftig und die Temperaturen waren deutlich unter zwanzig Grad gesunken. Umso voller waren die Schankräume, in denen Erika von Tisch zu Tisch zog und wie so oft die neuesten Witze zum Besten gab. Dementsprechend locker war die Stimmung und fast an jedem Tisch wurde zusätzlich ihr Witzerepertoire von einem der Gäste erweitert.

„Geht ein Österreicher mit einem kleinen Affen durch die Koblenzer Fußgängerzone und entdeckt im Schaufenster eines Geschäftes ein Paar Schuhe, die ihm gefallen und die er sich gerne kaufen würde, traut sich aber mit dem Äffchen nicht rein. Blickt er sich um und bittet eine junge Frau, für einen Moment auf das Äffchen aufzupassen. Die Frau nimmt den kleinen Affen auf den Arm, während der Österreicher die Schuhe kaufen geht. Kommt eine ältere Frau vorbei, mustert kopfschüttelnd die junge mit dem Äffchen und fragt: ‘Von wem haben sie sich denn den Kleinen andrehen lassen?’ Antwortet die junge Frau: ‘Von einem Österreicher!’ Daraufhin fragt die andere: ‘Mein Gott, konnte man das denn auf dem Ultraschall nicht sehen?’“

Hauptkommissar Fuß saß mit einigen der kälteunempfindlichen Gäste auf der Terrasse zusammen, da sich die dort anfallende Servicearbeit in Grenzen hielt. Es war nicht verwunderlich, dass einige die Gelegenheit nutzen wollten, ihn über die *BUGA*-Leiche auszuhorchen. Doch jedes Mal, wenn eine Bemerkung in diese Richtung fiel oder sich jemand traute, ein konkrete Frage zu stellen, erhielt er immer die gleiche

Antwort: „Komm, lass mich mit dem Scheiß in Ruhe, es reicht, wenn ich mir das den ganzen Tag anhören muss."

Selbst *SWR*-Reporter Andreas Krisam und der Journalist Roman Schreiber stießen an diesem Abend auf Granit, obwohl sie zu den wenigen Presseleuten gehörten, denen der Hauptkommissar sonst gerne ein Interview oder Informationen gab, die er anderen nicht gegeben hätte. Beide akzeptierten seine Haltung und schlossen daraus, dass die Ermittlungen nicht so fortschritten, wie sich der Hauptkommissar das erhofft hatte und jede Veröffentlichung wahrscheinlich Risiken für die Ermittlungen mit sich gebracht hätte. Umso mehr unterhielt man sich über den Wein, der auch an diesem Abend reichlich floss.

Knapp eine Stunde bevor es für die Terrasse Sperrstunde hieß, hallte der erste blecherne Donner durch das Moseltal. Im gleichen Moment begann es so stark zu regnen, dass keiner der Terrassengäste das Hausinnere trocken erreichte, obwohl alle mit Einsetzen des Regengusses Flaschen und Gläser griffen, die für sie erreichbar waren, und sofort losliefen. Fuß sammelte noch schnell die Kissen von den Stühlen ein, die am Rand der Überdachung standen und folgte dann seinen Gästen. Damit wurde das Gedränge in den Räumen der Straußwirtschaft noch größer, da wegen des plötzlichen Unwetters auch keiner diese ausgerechnet jetzt verlassen wollte.

Ewalt und Weberknecht fingen Fuß bereits in der Tiefgarage ab.

„Bendorf, der Gärtner, hat angerufen, wollte eigentlich dich sprechen. Wir sollen sofort aufs Ehrenbreitsteinplateau kommen."

„Weshalb?"

„Liane hat das Gespräch entgegengenommen. Er sei sehr aufgebracht und kurz angebunden gewesen, warum habe er nicht gesagt, sondern sofort wieder aufgelegt."

„So etwas liebe ich", brauste Fuß auf. „Und da müssen wir zu dritt hochfahren?"

„Müssen nicht", antwortete Ewalt, „aber wenn der Gärtner so aufgeregt ist, kann es vielleicht nichts schaden."

Weberknecht setzte sich hinter das Lenkrad und fuhr los, nachdem Fuß wegen seiner Größe auf dem Beifahrersitz Platz genommen hatte. „Dann fahr aber mit vollem Programm, denn die Brücke wird wieder zu sein."

Fuß hatte recht. Streckenweise musste Weberknecht sogar die Gegenfahrbahn benutzen, weil einige Autofahrer trotz Blaulicht und Martinshorn nicht weit genug rechts ranfuhren.

Der Regen hatte etwas nachgelassen, als das Soko-Fahrzeug auf dem Plateau ankam. Bendorf stand mit zwei Männern in grünen Overalls an der Lieferantenzufahrt und suchte etwas Schutz unter einem Baum. Als er das Polizeifahrzeug kommen sah, winkte er es zu sich und stieg rasch zu Ewalt auf den Rücksitz.

„Was gibt's denn so Eiliges?", fragte Fuß sofort, immer noch reichlich ungehalten.

„Das werden Sie gleich sehen. Fahren Sie meinen beiden Mitarbeitern hinterher."

Die beiden Männer im Overall hatten im Laufschritt schon gut fünfzig Meter zurückgelegt. Nach weiteren fünfzig Metern bogen sie nach rechts ab, ungefähr dorthin, wo sich Fuß mit Bendorf das erste Mal getroffen hatten.

Am Ende des Weges standen weitere Männer in Overalls und auch drei Herren in Mänteln und mit Regenschirmen. Da sie keine Anstalten machten, dem heranfahrenden Wagen

Platz zu machen, hielt Weberknecht wenige Meter von ihnen entfernt an. Fuß, Ewalt und Bendorf stiegen sofort aus. Das Bild, das sich ihnen rechter Hand bot, war in einem Satz kaum zu beschreiben. Mitten in einem der bunten Beete gähnte ein riesiges tiefes Loch, das aber ganz offensichtlich von einem entsprechend großen Erdbohrer stammte. Die ausgeworfenen Erdbocken lagen willkürlich um dieses Loch verteilt, weshalb nicht nur die ausgegrabenen Blumen, sondern auch etliche hundert mehr der Grabung zum Opfer gefallen waren. Außerdem führten breite Reifenspuren eines Baggers oder Traktors über das Beet.

„Jetzt sehen Sie sich das an!“, stöhnte Bendorf entrüstet. „Wer macht so etwas und weshalb?“

Inzwischen hatte Weberknecht den Wagen abgestellt und gesellte sich zu der Gruppe.

„Schäfer muss sofort kommen!“, entschied Fuß und schickte Weberknecht damit wieder zum Auto zurück. „Bitte gehen Sie alle sofort einige Meter zurück. Sie vernichten sonst sämtliche Spuren!“, rief er anschließend in die Runde und blickte auf die Uhr. „Wir müssen weiträumig absperren. In einer Viertelstunde wird die *BUGA* eröffnet.“ Erneut wandte er sich Weberknecht zu. „Bringen Sie Absperrband und alles andere mit!“

Während der nächsten fünf Minuten waren die drei Kriminalbeamten mit Unterstützung von Bendorf damit beschäftigt, die Beete und Wege im Umkreis abzusperren.

„Das ist keine Handarbeit“, schnaufte Bendorf und deutete auf das gebohrte Loch. „Trotzdem liegt eine Schaufel unten drin. Ich bin kurz vor dem Gewitter gestern hier vorbeigekommen, da war noch nichts. Außerdem wurden wenige Minuten später die Tore geschlossen. Das Bohrgerät“, er deutete auf die Reifenspuren, „könnte aus dem *BUGA*-Gerätepark stammen, man braucht so etwas, um Bäume einzusetzen. Das konnte ich bisher aber noch nicht prüfen."

„Was ist mit Security?"

„Gibt's, damit habe ich aber nichts zu tun. Da müssen Sie die *BUGA*-Gesellschaft fragen."

Fuß hielt mit dem Absperren kurz inne, fischte sein Handy aus der Jacke und gab Liane den Auftrag, sich bei der *BUGA GmbH* zu erkundigen, wer für die Sicherheit und Bewachung vor allem auf dem Plateau verantwortlich sei."

Neugierig versammelten sich immer wieder Besucher an der Absperrung, konnten aber zunächst nichts entdecken, da außer den Gärtnern in ihren Overalls alle anderen Personen in Zivil waren. Erst als Schäfer und sein Assistent Erasmus auftauchten und ihre Schutzkleidung anzogen, wurde die Zahl der Neugierigen nicht nur schlagartig größer, sondern es wurden auch Fragen nach dem Warum der Absperrung gestellt. Fuß musste herzhaft lachen, als er im Vorbeigehen die Vermutung eines älteren Herrn hörte, es sei sicherlich in der Nacht ein Meteorit eingeschlagen.

„Wie sieht es aus?", fragte Fuß seinen Kollegen, nachdem der sich mit der Videokamera einen ersten Überblick verschafft hatte.

„Ideal für eine Lebensaufgabe", frotzelte Schäfer. „Allein die Fußspuren im Beet sind der Wahnsinn. Die auf dem Weg können wir ganz vergessen. Am Interessantesten dürften die Reifenspuren und diese Schaufel sein und ob wir dabei etwas finden, warum hier und gerade hier überhaupt gebohrt wurde."

„Die Festung ist nicht weit. Vielleicht hat jemand einen alten Schatzplan gefunden, selbst die Wikinger waren einmal hier, wer weiß ..."

Bendorf, der die Frotzeleien mitbekommen hatte, gesellte sich zu den beiden.

„Seit ich von dem Unsinn hier erfahren und das Loch gesehen habe, denke ich dauernd darüber nach, wer so etwas macht und warum ... Reiner Vandalismus oder was ist es?“

Schäfer schüttelte den Kopf. „Vandalen reißen die Blumen raus oder treten darauf herum. Diebe schneiden die Blumen ab, wenn auch nicht in der Menge, oder klauen die Blumenzwiebeln. Nein, wahrscheinlich wurde hier gezielt etwas gesucht. Die Frage ist nur, was ... und hat man es gefunden.“

„Aber was soll denn jemand hier suchen? Wer was sucht, muss auch etwas vergraben haben ... und wir sind seit einigen Wochen hier am Werkeln. Da ist vielleicht einmal irrtümlich ein Handschuh oder eine Pflanzkelle untergegraben worden, dann aber auch nicht in dieser Tiefe.“

Fuß legte seine Stirn in Falten. „Wer hat denn alles an diesem Beet gearbeitet?“

„Nachdem die Erde vorbereitet war, wurden hier von zwei Mitarbeitern die Zwiebeln gesetzt. Ich kann nachschauen, wer dazu eingeteilt war.“

Fuß blickte sofort Bendorf von der Seite an. „Bashkim Haneche?“

Bendorf brauchte nicht nachzudenken. „Nein, Haneche hat dort drüben auf besondere Anweisung von Hoffmann gearbeitet. Ich sagte Ihnen ja schon, dass Hoffmann und Haneche ...“ Er machte eine vielsagende Handbewegung.

„Trotzdem hätte ich gerne so bald wie möglich die beiden Namen.“

Nach vier Stunden unterbrachen Schäfer und Erasmus ihre Arbeit. Weberknecht und Ewalt waren zurück ins Präsidium gefahren, nachdem Bendorf ihnen die Namen und Adressen der Hilfsgärtner gegeben hatte, die an dem verwüsteten Beet die Zwiebeln gesetzt hatten.

Bendorf war sofort in sein Büro gefahren, um eine schnelle Neubepflanzung zu organisieren, was nicht ganz einfach war, da diese thematisch zu dem unbeschädigten Teil der Bepflanzung passen musste.

„Sisyphos hätte seine wahre Freude, wenn er uns hier sehen würde“, stöhnte Schäfer und wischte sich ebenso wie Erasmus den Schweiß von der Stirn.

„Was haben wir bis jetzt?“, fragte Fuß, der inzwischen zwei Streifenwagen angefordert hatte, da immer mehr *BUGA*-Besucher trotz Absperrung versuchten, näher an den Tatort heranzukommen. Vorsorglich ließ er von den Beamten verbreiten, es handele sich um Vandalismus, was prompt auch in der Geschwindigkeit eines Buschfeuers die Runde machte. Dadurch ebbte das Interesse unter den Besuchern zum Glück etwas ab.

„Etliche Abdrücke von Stiefeln und Schuhen, wovon etwa vier bis fünf wohl zu den Tätern gehören. Das vermuten wir, weil diese vornehmlich im Bereich des Lochs gefunden wurden. Dann gab es wahrscheinlich zwei Raucher mit unterschiedlichen Marken, einmal so eine Billigmarke von *Aldi* oder *Lidl* und *Gauloises* ... fürchterliches Kraut. Dann die Schaufel, die müssen wir in Ruhe untersuchen und eine Jacke, die jemand offenbar ausgezogen und liegenlassen hat. Überhaupt hat es den Anschein, als sei man gestört worden und deshalb geflüchtet. Die Reifenspuren sind auf den Zufahrtswegen durch den starken Regen kaum zu verfolgen. Ich werde mir nachher mal den Gerätepark der *BUGA* anschauen.“

„Dann sollte man eine Hundestaffel anfordern und die Spuren verfolgen ... Was meinst du, gezielte Suche nach irgendetwas? Könnte jemand hier während der Baumaßnahmen Falschgeld deponiert haben, das man jetzt sucht und von dem vielleicht nur Haneche wusste, wo es war, weil er es selbst vergraben hatte?“

Schäfer kratzte sich am Hinterkopf. „Schwer zu sagen, möglich ist alles. Vielleicht wollte Haneche plötzlich mehr Anteile und musste deshalb den Löffel abgeben.“

Fuß wiegte den Kopf hin und her. „Der Verdacht läge ja nahe, nur, Haneche hat an diesem Beet nicht gearbeitet. Da scheint es also keinen Zusammenhang zu geben.“

Schon von Weitem sah Fuß den heranstürmenden Bendorf mit hochrotem Kopf und Schweiß auf der Stirn. „Ab wann können wir mit der neuen Bepflanzung beginnen?“, keuchte er.

„Nicht vor morgen früh“, entschied Schäfer. „Es muss noch einiges geklärt werden.“

„Mein Gott, die *BUGA* und das ausgerechnet in meinem Bereich ... Die Reporter haben schon wieder Wind von der Sache bekommen, stehen schon wieder überall und die absurdesten Gerüchte gehen rund. Mich hat gerade jemand gefragt, ob nach weiteren Leichen gegraben wird. Ist das nicht ...?“

„Vielleicht sollte man erzählen, dass uns heute Nacht die berühmten grünen Männchen vom anderen Planeten besucht haben, weil ihnen die Bundesgartenschau so gut gefällt“, lachte Fuß, sah aber, dass es Bendorf nicht zum Scherzen zumute war.

Becker und Schrader, die wieder die Frühschicht bei der Observation von Sagkra übernommen hatten, langweilten sich an diesem Vormittag zunächst. Ihre Kollegen hatten die Zielperson am Vortag gegen siebzehn Uhr wieder im Hotel gesichtet. Was Sagkra in den Stunden dazwischen unternommen hatte, konnte nicht mehr ermittelt werden. Im Hotel hatte er sich dann gut eine Stunde aufgehalten und war anschließend mit seinem Mercedes ins *Deinhard-Haus* zum Essen gefahren. Dabei hatte er mehrere Telefonate mit dem Handy geführt, bei einem habe er sehr heftig reagiert, ja sei fast wütend geworden, stand in dem Observationsbericht.

Sagkra, wie immer sehr elegant geklcidct, tauchte erst kurz vor zehn Uhr auf, um zu frühstücken. Er schien nicht unter Zeitdruck zu stehen. Nach dem Frühstück hielt er sich noch eine gute halbe Stunde im Frühstücksraum auf und las zuerst die *Rhein-Zeitung*, dann blätterte er noch kurz in der *BILD*. Anschließend verschwand er für gut eine Stunde wieder auf seinem Zimmer. Als er den Schlüssel an der Rezeption abgab, wirkte er plötzlich hektisch als stünde er unter Zeitdruck. Entsprechend schnell eilte er in die Tiefgarage und die beiden Beamten hatten Mühe, ihm mit ihrem Audi durch den Stadtverkehr zu folgen. Die Fahrt ging schließlich auf die Hunsrückhöhenstraße, doch auf halber Höhe bog der Mercedes rechts ab in Richtung Forsthaus Remstecken. Sagkra benutzte nicht die oberen Parkplätze, sondern fuhr hinunter bis zum Forsthaus. Beim Verlassen seines Autos blickte er nochmals auf seine Armbanduhr und sah sich suchend um. Es schien den beiden Beamten eindeutig, dass es sich hier um eine Verabredung handelte. Dieses Mal blieb Schrader im Fahrzeug zurück und Becker folgte Sagkra in das Forsthausrestaurant. Schrader suchte sich einen Platz von dem aus er unauffällig die Eingangstür und die wenigen Parkmöglichkeiten direkt am Forsthaus beobachten konnte.

Nach wenigen Minuten tauchte ein Taxi auf. Eine ältere Frau stieg aus, begab sich dann aber auf einen Spaziergang in Richtung Wildgehege. Als sie für Schrader außer Sichtweite war, kam ein silbergrauer BMW mit Koblenzer Zulassung vorgefahren, wendete jedoch und fuhr wieder fort. Es verging eine weitere Viertelstunde bevor erneut ein Fahrzeug auftauchte, ein dunkelblauer Golf mit Frankfurter Kennzeichen. Unauffällig fotografierte Schrader den etwa Vierzigjährigen, der das Restaurant betrat. Nun lag es an Becker möglichst viel mitzubekommen.

Eine große Überraschung erlebten die drei Soko-Mitglieder, als sie ins Polizeipräsidium zurückkehrten. Beim Betreten des Büros von Hauptkommissar Fuß lächelte ihnen ein großer, schlanker Mann, Anfang dreißig, entgegen. Er stand sofort auf und streckte Fuß zur Begrüßung seine Hand hin.

„Bernhard Barsig, Bundeskriminalamt, nennen Sie mich aber bitte einfach Ben."

Die Art der Begrüßung gefiel Fuß, außerdem war mit dem Besuch eines BKA-Kollegen zu rechnen gewesen, nachdem es um Falschgeld und offensichtlich internationales Bandenwesen ging.

Nachdem Ben Barsig auch Ewalt und Weberknecht begrüßt und sich alle in den größeren Besprechungsraum am Ende des Flurs zurückgezogen hatten, stellte Barsig sich als Abteilungsleiter SO, für schwere und organisierte Kriminalität, beim BKA vor. „Wobei ich in diesem Fall auch als Verbindungsbeamter zu den österreichischen Dienststellen fungiere", erklärte er den Anwesenden. „Wir sind zusammen mit den österreichischen Kollegen seit geraumer Zeit hinter einer Gruppe her, zu der auch Ilja Sagkra gehört. Kollege Hollischek wird Ihnen hierzu sicherlich schon einiges gesagt haben."

„Heißt das also, das BKA übernimmt nun den Fall Bashkim Haneche?", fragte Fuß vorsichtig.

Barsig lächelte. „Keineswegs Herr Kollege, wir wollen nur Informationen austauschen und Sie bei der Arbeit unterstützen. Vielleicht gelingt es uns so, gemeinsam zu erfahren, was Sagkra hier in Koblenz treibt. Ihre Kollegin war schon so freundlich und hat mich über den derzeitigen Stand der Ermittlungen informiert und mir einen Einblick in die Akten gegeben."

Fuß warf Liane einen enttäuschten Blick zu. Auch wenn ihm der Mann aus Wiesbaden irgendwie sympathisch war, so mochte er es ganz und gar nicht, wenn man sich ungefragt in seine Arbeit oder in diesem Fall in die Arbeit der Soko einmischte.

„Und was gedenken Sie nun zu tun?", fuhr Fuß fort.

Immer noch lächelte Barsig, als studierter Psychologe konnte er sich sehr gut vorstellen, was jetzt in dem Hauptkommissar vorging. „Zunächst möchte ich Ihnen etwas mehr über Sagkra und seine kriminellen Geschäfte erzählen. Dürfte ich nur vorher eine Flasche Mineralwasser haben?"

Beim BKA war Ben Barsig unter dem Spitznamen Waterman bekannt. Nicht nur, dass er fast ausschließlich Mineralwasser trank. Das Element Wasser spielte auch in seinem Privat- und Berufsleben eine wichtige Rolle, weswegen er häufig belächelt, oft sogar verspottet wurde. Ob in der Badewanne, unter der Dusche, im Pool oder während des Urlaubs am Meer, war schon Klein-Benny sichtlich in seinem Element und ließ sich kaum beruhigen, wenn man ihn wieder aus dem Wasser holte. Diese „Macke", wie seine Familie es nannte, begleitete ihn bis heute und prägte auch sein tägliches Leben. Das morgendliche Duschen war ihm wichtiger als das Frühstück, er trank lieber Mineralwasser als Wein, Bier, Kaffee oder andere Getränke. Einzige Ausnahme war grüner Tee, dessen Zubereitung er jedes Mal zelebrierte. Über größere Probleme dachte er grundsätzlich nur nach, wenn er im Wasser den „Toten Mann" machte oder durch das Becken tauchte. Wichtige Entscheidungen fällte er auch häufig unter der Dusche oder in der Badewanne. Beim BKA waren seine nassen Haare beim Dienstantritt und mindestens eine Flasche Mineralwasser auf seinem Schreibtisch zu einer Art Markenzeichen geworden.

Ewalt machte Liane ein Zeichen, worauf diese den Raum verließ, um das Gewünschte zu besorgen.

„In Wien gibt es eine Firma namens *Balusa.* Sie wird schon seit längerer Zeit von den österreichischen Bundesbehörden beobachtet. Dieser Name setzt sich aus den Namen der drei Inhaber zusammen. Efrahim Bamberger stammt aus Israel. Eigentlich heißt er Goldberg, hat aber vor einigen Jahren den Namen seiner deutschen Mutter übernommen, als er den Mossad wegen Verwicklungen in Waffengeschäfte unehrenhaft verlassen musste. In Tel Aviv wurde er verurteilt. Seine Haftstrafe fiel aber relativ gering aus, weil man ihm nur eine geringfügige Mittäterschaft nachweisen konnte. Seit knapp zehn Jahren lebt er als Bamberger in Wien, ist aber seit gut zwei Jahren wie vom Erdboden verschwunden. Die Wiener Kollegen glauben, dass er sich im südamerikanischen Raum aufhält und dort Drogengeschäften nachgeht."

Liane betrat mit einer Flasche Mineralwasser und einem Glas den Raum, stellte beides vor Ben Barsig, der sofort die Flasche öffnete und ein ganzes Glas langsam und genüsslich leer trank.

„Jetzt geht es mir schon wesentlich besser", versicherte er und fuhr fort. „Der zweite Name in der Firma ist Anton oder Toni Lugner. Er soll weitläufig mit Mörtel Lugner verwandt sein, den Sie sicher alle vom Wiener-Opernball-Klatsch her kennen. Toni Lugner lebt mal hier mal da, besitzt Villen in Österreich, Italien, der Schweiz, auf Ibiza und Gibraltar. Was er beruflich macht, weiß niemand so genau. Er selbst bezeichnet sich als Investmentberater. Der Dritte im Bunde ist eben Ilja Sagkra. Er vertritt die Firma *Balusa* nach außen hin. Die Geschäftsräume wurden von den Wiener Kollegen schon mehrfach durchsucht, leider immer ohne konkretes Ergebnis. Entweder bekam Sagkra rechtzeitig einen Tipp oder die eigentlichen Geschäfte finden ganz woanders statt."

„Was weiß das BKA über Bashkim Haneche?", wollte Fuß wissen.

„Von Haneche haben wir erst jetzt über Sie, beziehungsweise den Kollegen Hollischek erfahren. Er hat wohl bei Sagkra gewohnt, war zumindest im gleichen Haus gemeldet. Er ist in der letzten Zeit Fahrer bei der Firma *Ost-West-Trans-Company* gewesen, einer Tochtergesellschaft der *Balusa*. Für sie hat ..."

Ewalt unterbrach Barsig. „Haneche soll als Fahrer auch hier in Koblenz gewesen sein und so Kontakt zu *BUGA*-Mitarbeitern bekommen haben."

Barsig nickte zustimmend. „*OWTC*, das ist die Abkürzung für das Tochterunternehmen, hat Spezialmaschinen unter anderem für den Bau der *BUGA*-Seilbahn transportiert. Das ist aber, soweit wir wissen, alles korrekt abgewickelt worden."

„Damit wären wir wieder am Anfang aller Überlegungen", stöhnte Fuß. „Es sei denn, die Spurensicherung findet jetzt etwas auf dem Ehrenbreitsteinplateau, was uns weiterhilft. Liane rufen Sie mal die Kollegen an, die Sagkra observieren, ob es etwas Neues gibt."

Liane musste mehrmals die Handynummer anrufen, bevor sich schließlich einer der Beamten meldete. „Ich kann jetzt nicht", war am anderen Ende leise zu hören.

„Was heißt das?", fragte Liane mit Nachdruck. „Ich will ja nur wissen, sind Sie noch an Sagkra dran und was macht er?"

„Ich bin dran, aber jetzt nicht!“, kam es wieder leise, dann wurde die Verbindung unterbrochen. Bei einem neuerlichen Versuch meldete sich die Ansage: „Dieser Anschluss ist vorübergehend nicht erreichbar.“

Schrader schaute genervt auf seine Armbanduhr. Seit fast zwei Stunden stand er nun mit dem Wagen auf dem Weg neben dem Wildgehege, wenige Meter vom Forsthaus Remstecken entfernt. Immer wieder kamen Rehe einzeln oder in Rudeln und äugten neugierig zu dem grauen Audi herüber. Inzwischen waren etliche Fahrzeuge gekommen und wieder gefahren. Einige der Insassen nutzten die wenigen Parkmöglichkeiten, um von hier aus einen Waldspaziergang zu machen, andere kamen hierher, um im Restaurant zu essen. Sicherlich langweilte sich sein Kollege Becker auf ähnliche Art und Weise, nur nicht in dem immer wärmer werdenden Innenraum eines Fahrzeugs. Er traute sich auch nicht auszusteigen, die Observationspanne vom Vortag reichte ihm. Inzwischen waren alle Fenster heruntergelassen, aber es herrschte kaum Wind, sodass er der feuchten Schwüle dieses Tages voll ausgeliefert war. Schrader richtete sich wieder in seinem Sitz auf. Vielleicht sollte er einfach auch ins Restaurant gehen und Becker Gesellschaft leisten. Noch während er diesen Gedanken verfolgte, öffnete sich plötzlich die Restauranttür und eine schlanke Frau mit Kopftuch, Sonnenbrille und High Heels stolperte hastig ins Freie, gefolgt von Sagkra. Beide eilten auf seinen Mercedes zu. Schrader erkannte sofort, dass es sich bei der Frau um die Gesuchte handeln musste. Wo blieb nur Becker? Nervös steckte Schrader den Schlüssel ins Zündschloss und startete den Motor. Die beiden hatten den Mercedes bereits erreicht, von Becker war immer noch nichts zu sehen. Er hatte nur den Auftrag Sagkra zu observieren, von einem Zugriff war keine Rede gewesen. Hastig wählte er Beckers Handynummer und trat vorsichtig auf das Gas, um seinen Kollegen abzufangen, wenn der aus dem Forsthaus kam. Langsam bewegte sich der Audi auf die Eingangstür zu. Durch das Seitenfenster konnte Schrader sehen, dass sich auch der Mercedes bereits in Bewegung gesetzt hatte. Schrader spürte wie ihm der Schweiß auf die Stirn trat. Nicht schon wieder eine Panne, hämmerte es in seinem Kopf. Er fuhr dicht an die Eingangstür, bremste und zog die Handbremse an. Der Mercedes fuhr rasch den Zufahrtsweg zur Bundesstraße hinauf. Schrader sprang aus dem Wagen und öffnete die Eingangstür. Fast wäre er dabei über Becker gestolpert. „Wo bleibst du ...?“ Weiter kam er nicht.

„Fahr ...!“, stieß Becker hervor und fiel ihm im gleichen Moment in die Arme.

„Was ist?“ Schrader zerrte seinen Kollegen, der sich vor Schmerzen krümmte, aus der Haustür, schleppte ihn, so gut es ging, um den Audi herum und half ihm beim Einsteigen. Dann rannte er erneut um das Fahrzeug, warf dabei einen Blick zur Bundesstraße hinauf und setzte sich wieder hinter das Lenkrad. Die Reifen drehten durch, er hinterließ eine beachtliche Staubwolke vor dem Forsthaus. Er musste den Mercedes unbedingt einholen!

Noch bevor er die Hunsrückhöhenstraße erreicht hatte, entdeckte er den Mercedes mit Wiener Kennzeichen. Sagkra hatte seitlich angehalten, fast schien es, als warte er auf seine Verfolger. Auch Schrader hielt an. „Was ist passiert?“, fragte er Becker, der auf dem Beifahrersitz kauerte und leise vor sich hin stöhnte.

„Ich wollte ... wollte vor ihnen ...“, Becker verdrehte die Augen. „Die müssen was gemerkt haben ... plötzlich ... kurz vor dem Ausgang ... auf der Treppe abwärts ... Schlag ... Kopf ... Tritte in den ... Rücken.“ Er brach ab und biss sich auf die Lippen.

„Ich rufe einen Arzt!“, beschloss Schrader.

„Warte, kann ich auch ... lass mich hier raus ... du musst denen hinterher.“

„Aber im Moment stehen die doch nur da. Ich werde auf jeden Fall Verstärkung anfordern.“ Schrader blickte wieder zum Mercedes. Nichts rührte sich. Offenbar wartete man darauf, was er und Becker unternehmen würden. Waren sie entdeckt worden oder in eine Falle geraten. Was hatten Sagkra und diese Frau vor? Vorsichtig zog er sein Handy aus der Jacke und wählte die Nummer des Präsidiums.

In zwei Streifenwagen fuhren sie mit Blaulicht und Martinshorn in Richtung Hunsrückhöhenstraße. Fuß, der mit Barsig und Liane im ersten Wagen saß, hatte Schrader angewiesen, vorerst nichts zu unternehmen. Wenn der Mercedes weiterfahren würde, nur dann sollte er Becker zurücklassen, ein Notarztwagen sei unterwegs. Schrader solle dann den Mercedes verfolgen und über Handy die jeweilige Fahrtrichtung und Position durchgeben.

„Habt ihr keinen Funk in dem Wagen?“, staunte Barsig.

Fuß machte nur eine deutliche Handbewegung, die mehr sagte, als viele Worte. Sie waren noch gut zwei Kilometer von der Abfahrt zum Forsthaus entfernt. „Machen Sie alles aus“, befahl Fuß dem Uniformierten, der den Wagen fuhr. „Fahren Sie nicht rechts in Richtung Remstecken, sondern links auf den gegenüberliegenden Parkplatz und dann wenden Sie sofort.“

Er drehte sich um und sah zu seiner Beruhigung, dass auch der zweite Wagen mit Ewalt und Weberknecht das Blaulicht ausgeschaltet hatte. „Blinker links raus!“ Auch dieses Signal wurde von den Kollegen hinter ihnen verstanden. Während sie sich der Zufahrt näherten, konnte Fuß bereits den Mercedes sehen, wenig später auch den Audi.

Beide Streifenwagen hielten dicht nebeneinander auf dem Parkplatz.

„Wie viele Westen haben wir?“, wollte Fuß von dem Streifenwagenfahrer wissen.

„Hier im Wagen zwei, der Kollege müsste auch zwei haben.“

Fuß schaute Barsig wortlos an, der nickte.

„Also, Liane, Sie bleiben mit dem Kollegen hier im Wagen. Ben und ich gehen rüber.“ Er stieg aus und ging im Schutz des Wagens zum Kofferraum. Barsig folgte ihm. Beide zogen schusssicheren Westen an. Sie konnten sehen, dass Ewalt und Weberknecht es ihnen gleichtaten. Von Ferne war ein Martinshorn zu hören.

„Verdammt, der Notarzt!“, brüllte Fuß. „Gebt mir Deckung!“ Fuß rannte geduckt mit großen Schritten, soweit es ging durch das Gebüsch und im Schutz der Fußgängerbrücke, auf die Hunsrückhöhenstraße zu, während Barsig und Ewalt ihm mit gezogenen Pistolen folgten, die sie auf den Mercedes gerichtet hatten. Weberknecht gab den Streifenbeamten die Anweisung, die Bundesstraße in beiden Richtungen zu sperren, während Fuß mit erhobenen Armen winkend dem herannahenden Rettungswagen entgegenlief und ihn wenige Meter vor der Zufahrt zum Forsthaus Remstecken zum Stehen brachte.

„Abwarten!“, brüllte er dem Fahrer zu. „Wir müssen erst absichern!“

Nachdem der Rettungsfahrer zu erkennen gab, dass er verstanden hatte, zog auch Fuß seine Pistole und ging, diese ebenfalls auf den Mercedes gerichtet, auf den Parkplatz zu, den Barsig und Ewalt gleichzeitig mit ihm erreichten. Bereits aus dieser Entfernung konnten sie sehen, dass nur eine Person im Wagen saß. Als sie näher kamen wurde ihnen klar, dass der Mann auf dem Fahrersitz vornübergebeugt über dem Lenkrad lag. Barsig war auf die Beifahrerseite gegangen und öffnete vorsichtig die Tür. Tatsächlich war nur noch Sagkra im Wagen, blutüberströmt.

Fast gleichzeitig steckten alle wieder ihre Waffen ein. Fuß eilte zur Straße zurück und winkte den Rettungswagen und den inzwischen auch eingetroffenen Notarzt herbei, die sich auch sofort in Bewegung setzten. In der Annahme, es handele sich um den Fahrer des Mercedes hielt der Notarzt dort und sprang heraus. Doch Ewalt deutete auf den Audi. Er hatte sich bereits davon überzeugt, dass für Sagkra jede Hilfe zu spät kam. Dafür sprach nicht nur die Menge Blut, die sich über ihn und das ganze Fahrzeuginnere ausgebreitet hatte, es war auch kein Puls mehr zu fühlen. Trotzdem überzeugte sich auch der Notarzt vom Tod des Mannes hinter dem Lenkrad, während sich die beiden Rettungssanitäter um Becker bemühten.

Auch Fuß und Weberknecht waren zum Audi gegangen, in dem Becker immer noch zusammengekrümmt auf dem Beifahrersitz saß. Sein Gesicht war kalkweiß, Tränen liefen ihm über die Wangen. Schrader, auf dem Fahrersitz kniend, stützte seinen Kollegen seitlich ab, was offenbar die Schmerzen seines Kollegen etwas minderte. Vorsichtig hoben die beiden Rettungssanitäter den Verletzten aus dem Wagen und legten ihn auf die mitgeführte Trage.

„Wo haben Sie die meisten Schmerzen?", erkundigte sich der ältere der beiden Sanitäter.

„Unten am Rücken, da hat's mich am schlimmsten erwischt ... und oben am Hinterkopf", gab Becker mit schmerzverzerrtem Gesicht leise von sich.

Der Notarzt beugte sich über Becker. „Macht mir eine Infusion fertig und zieht mir *Dipidolor* auf."

Fuß war neben Beckers Trage in die Hocke gegangen und hatte seine Hand beruhigend auf dessen Schulter gelegt. „Können Sie mir kurz sagen, wie das passiert ist?"

Beckers Nicken war kaum zu erkennen. Er richtete seinen Blick auf den Hauptkommissar. Man sah ihm an, dass ihm das Sprechen schwer fiel. „Schrader ... Schrader weiß alles. Bitte ... morgen vielleicht ...!"

Fuß verstand. Er nickte dem Verletzten aufmunternd zu, richtete sich auf und ging um den Wagen herum zu Schrader, der gegen den Audi gelehnt, eine Zigarette rauchte. Auch ihm war die Farbe völlig aus dem Gesicht entwichen und er machte den Eindruck, jeden Moment umzukippen.

„Wollen Sie sich nicht lieber wieder in den Wagen setzen?"

„Geht schon", antwortete Schrader und schnippte die Asche von der Zigarette.

„Ihr Kollege meint, Sie wüssten was geschehen ist."

Schrader tat einen tiefen Zug und blies den Rauch an Fuß vorbei in die Luft. „Er hat es mir erzählt. Ich begreif es nicht ... Die Frau muss schon vor Sagkra und uns in dem Lokal gewesen sein. Sagkra und sie haben lange miteinander geredet. Becker hat sich aber nicht getraut rauszukommen, um mich zu informieren. Er hoffte immer, wenigstens ein paar Wortfetzen aufzufangen, was ihm wohl auch gelungen ist. Aber im Moment kann er sich an gar nichts mehr erinnern ..." Er drehte sich um und blickte über die Motorhaube hinweg zu seinem Kollegen, dem der Notarzt gerade eine Infusion anlegte. „Dann hat wohl sein Handy einige Male geläutet, schließlich ist er rangegangen, das muss Sagkra oder die Frau mitbekommen haben. Oder sie haben etwas geahnt, weil Becker sofort zahlte, als Sagkra die Bedienung um die Rechnung gebeten hat. Auf jeden Fall verließen die beiden direkt hinter meinem Kollegen das Restaurant und dann hat es ihn von hinten erwischt. Er ist wohl eine Treppe runtergeschlagen und hat noch ein paar Tritte und Hiebe abbekommen."

Fuß schüttelte den Kopf und begann sein Gesicht zu kneten. „Mist, verdammter!" Er beobachtete nachdenklich wie Schrader den letzten Zug tat und den Zigarettenstummel auf dem Boden austrat. „Und was ist dann passiert?"

Schrader erzählte, wie er Becker aufgefangen und ins Auto geschleppt hatte. „Als wir losfuhren, war der Mercedes schon nicht mehr zu sehen, aber plötzlich entdeckten wir ihn hier. Wir nahmen an, man wartet auf uns, um zu zeigen, dass man uns entdeckt hatte und wollte uns einen Denkzettel verpassen. Aber ... wie es jetzt aussieht, muss die Frau da bereits ausgestiegen gewesen sein, denn solange wir hier standen, hat sich nichts im Mercedes gerührt. Natürlich sind von dem seitlichen Parkplatz immer wieder Fahrzeuge weggefahren. Möglicherweise saß in einem die Frau. Darauf haben wir natürlich nicht geachtet. Wer konnte auch ahnen, dass sie kurzerhand unsere Zielperson niedergestochen hat?"

„Verdammter Mist!", wiederholte Fuß noch einmal. „Und so etwas muss ausgerechnet uns passieren. Dieses verdammte Weibsbild. Wo steckt sie nur?"

Ben Barsig war zu den beiden getreten. „Vielleicht erfahren wir etwas mehr über sie, wenn der Kollege wieder ansprechbar ist und sich an Details erinnern kann. Immerhin hat er sie ja über einen längeren Zeitraum beobachten können."

„Auf jeden Fall dürfen wir jetzt davon ausgehen, dass sie auch Haneche auf dem Gewissen hat." Fuß blickte hinter dem Rettungswagen her, der Becker eingeladen hatte und mit Blaulicht und Martinshorn auf die Bundesstraße Richtung Stadtmitte fuhr. „Sie sollten umgehend die Österreicher über Sagkras Tod informieren, vielleicht tut sich dann in Wien etwas, was uns weiterhilft. Man wird die Ermordung von Sagkra bei *Balusa* doch nicht so einfach hinnehmen." Er drehte sich zu Liane um, die etwas abseits, blass und leicht zitternd, an einen Baum gelehnt stand. „Veranlassen Sie bitte, dass sofort jemand das Zimmer von Sagkra in seinem Hotel versiegelt."

6.

Fuß verschwieg Liane gegenüber absichtlich, dass Schrader die Vermutung geäußert hatte, ihre Anrufe hätten Sagkra und die Frau möglicherweise auf den Beobachter in Zivil aufmerksam gemacht. Gemeinsam besprach man die neue Situation, die sich durch den brutalen Mord an Sagkra ergeben hatte.

Fuß wandte sich Barsig zu. „Eines ist also gewiss, es gibt jemand, der offenbar in der Hierarchie der Bande noch über Sagkra steht, möglicherweise sogar diese Frau oder ihr Auftraggeber. Hat Wien etwas zu dieser Person gesagt?"

„Eine Frau ist im Zusammenhang mit dieser Firma *Balusa* niemals aufgetaucht. Hollischek arrangiert auf jeden Fall, dass der Tod von Sagkra groß in den österreichischen Medien verbreitet wird. Er erwartet, dass dadurch Bamberger oder Lugner in Wien auftauchen, um die Geschäfte neu zu regeln.

Der Mord an Sagkra hatte ebenso wie der an Haneche schnell seine Runde gemacht. Schomisch und Zirfas, die beiden Pressesprecher des Polizeipräsidiums, hatten alle Hände voll zu tun, die Medien zu befriedigen. Dabei galt es im Sinne der *BUGA*, den Ball so flach zu halten wie eben möglich. Doch inzwischen war kaum zu verschweigen, dass es zwischen den beiden Morden und dem Vorfall auf der Freilandschau Zusammenhänge geben musste.

Deshalb nahm auch Ralf Schomisch an der Nachmittagsitzung der Soko teil und stellte als Erstes die für ihn wichtige Frage: „Was gibt es Neues?"

Beim Blick in die Runde der Anwesenden bedurfte es kaum einer Antwort. Allgemeines Achselzucken bis sich schließlich Hauptkommissar Fuß zu Wort meldete.

„Eines ist wohl sicher, wir müssen ganz schnell diese Frau finden. Was wissen wir von ihr? Sie trägt hohe Absätze, die jedem auffallen, hat immer eine Sonnenbrille und ein Kopftuch auf und spricht wahrscheinlich serbisch oder albanisch. Auf jeden Fall hat sie sich mit Bashkim Haneche im Taxi unterhalten. Auf die Personenbeschreibung in der *Rhein-Zeitung* hin hat sich nur ein Leser gemeldet, der sie nach dem Mord an Haneche am Bahnhof gesehen haben will. Das bedeutet, sie hält sich kaum in Koblenz oder Umgebung auf, sonst hätten sich mehr Leute gemeldet. Sie hat zusammen mit Haneche einen Koffer zum Bahnhof gebracht, mit dem sie aber später nicht wieder gesehen wurde. Der Zeuge hat ausgesagt, sie sei ohne Koffer zum Bahnsteig gegangen. Jetzt taucht sie plötzlich wieder auf, begeht einen zweiten Mord und verschwindet genauso schnell wieder."

Ben Barsig, der sich wieder eine Flasche Mineralwasser hatte bringen lassen, meldete sich mit einem kurzen Handzeichen zu Wort. „Wenn ich die Protokolle richtig gelesen habe, trägt sie immer diese hohen Absätze, das Kopftuch und die Sonnenbrille und lenkt damit die Aufmerksamkeit auf sich, obwohl sie eigentlich, wenn sie die Täterin ist, doch möglichst nicht auffallen sollte. Ich frage mich, ob sie damit nicht von etwas anderem ablenken will, was viel offensichtlicher ist."

Ewalt nickte zustimmend. „Aber was sollte das sein?"

„Es muss auch nicht sie selbst sein. Ihr auffallendes Auftreten kann auch dazu dienen, von etwas anderem abzulenken", ergänzte Barsig seine Überlegungen. „Die gefundenen Spermaspuren in diesem Hotel stammen von zwei Männern. Hat sie durch ihr Auftreten vielleicht von dem dritten Gast im Hotelzimmer abgelenkt? Das Gleiche gilt später auf der Bergstation. Wurden die Zeugen durch ihr Auftreten vielleicht von einer anderen Person abgelenkt, die zur gleichen Zeit eine der Kabinen betrat? Ebenso im Bahnhof, lenkte sie absichtlich Beobachter von der Person ab, die den dort deponierten Koffer abholte und wegtrug?"

„Aber was war im Forsthaus, wovon sollte sie dort ablenken?"

Barsig nahm einen großen Schluck Mineralwasser, trank es in kleinen Schlucken aus und stellte das leere Glas im Zeitlupentempo wieder auf den Tisch. Dabei schloss er nachdenklich die Augen. „Vielleicht von einer anderen Person, die sich ebenfalls im Forsthaus aufhielt. Das wird uns erst der verletzte Kollege sagen können, wenn er wieder zur Ruhe gekommen ist."

„Ich habe eben in der Unfallchirurgie des *Kemperhofs* angerufen", verkündete Liane. „Becker hat großes Glück gehabt, nur Blutergüsse, nichts gebrochen. Er wird nicht lang dort bleiben müssen und kann morgen früh befragt werden."

„Gott sei Dank", stieß Fuß erleichtert aus. „Gut, dann sollten wir uns gleich auf morgen vertagen. Wer übernimmt den Besuch bei Schrader?"

„Immer der, der fragt", grinste Ewalt.

Dieses Mal steuerte Fuß nicht die Pathologie, sondern den Haupteingang des *Kemperhofs* an und fragte sich zur Unfallchirurgie und dem Zimmer durch, in dem Thomas Becker lag.

Man hatte den Kripomann in ein Zweibettzimmer gelegt. Auch wenn Becker noch deutlich unter starken Schmerzen litt, seine Gesichtsfarbe war wieder einigermaßen normal, was Fuß etwas beruhigte. Er hatte seinem Kollegen eine Flasche seines Weines *Alkener Burgberg Auslese* mitgebracht. „Damit Sie schnell wieder auf die Füße kommen, das ist reine Medizin", meinte er aufmunternd lächelnd.

Becker richtete sich in seinem Bett etwas auf und betrachtete das Flaschenetikett mit dem aufgedruckten Fuß am oberen Rand. Dann ließ er die Flasche im Nachttisch verschwinden. „Danke. Werde ich aber erst zu Hause genießen. Ich hoffe ja, dass ich heute oder morgen wieder entlassen werde."

„Wird schon werden", tröstete ihn der Hauptkommissar. „Ich würde nur gern wissen, was gestern passiert ist."

Becker ließ sich wieder in die Kissen sinken und blickte an die Decke. „Eigentlich verlief alles recht normal. Ich war der Zielperson gefolgt. Als ich das Restaurant betrat, saß Sagkra bereits mit dieser Frau am Tisch. Ich habe mich dann an einen Tisch in der Nähe gesetzt und mir einen Kaffee bestellt. Die beiden unterhielten sich recht lebhaft, aber leise. Ich hatte auch nicht das Gefühl, dass man mich irgendwie zur Kenntnis nahm. Der Mann erhielt zweimal einen Anruf. Nach dem zweiten Anruf verließ er für kurze Zeit das Restaurant und ich nahm an, er ging zur Toilette. Während seiner Abwesenheit hat die Frau auch ein kurzes Gespräch mit ihrem Handy geführt. Das hat aber kaum zehn oder fünfzehn Sekunden gedauert und war lange beendet, als der Mann zurückkam. Etwas später erhielt ich mehrere Anrufe. Zunächst bin ich nicht drangegangen, dann habe ich mich einmal gemeldet, weil es nun doch in dem Restaurant auffiel. Ich habe der Kollegin nur gesagt, dass ich im Moment nicht sprechen könne und habe dann mein Handy ausgeschaltet." Becker wechselte seine Liegeposition im Bett, wobei er das Gesicht leicht verzog, wie Fuß deutlich sehen konnte. Offenbar waren die Schmerzen doch noch stärker, als er zugeben wollte. „Kurze Zeit später riefen die beiden nach der Bedienung und der Rechnung. Ich wollte vor ihnen am Auto sein, doch die Bedienung kassierte erst bei ihnen. Ich bin dann sofort aufgestanden. Dabei sah ich, dass auch der Mann und die Frau ihre Plätze verlassen hatten und mir dicht folgten. Zwischen der Restauranttür und der Haustür sind fünf oder sechs Stufen. Als ich gerade die erste Stufe erreicht hatte, erhielt ich einen kräftigen Schlag gegen den Kopf, geriet aus dem Gleichgewicht und knallte die Treppe hinunter. Einer von beiden hat auf mich eingetreten und versucht, mich eine weitere Treppe, vermutlich in den Keller, hinunterzustoßen. Ich habe noch das Wort „Denkzettel" gehört, dann war alles vorbei. Ich habe mich, so gut es ging, aufgerappelt und da stand plötzlich schon Schrader vor mir."

„Haben Sie irgendetwas mitbekommen, worüber die beiden gesprochen haben?"

„Nein. Sie sprachen so leise miteinander. Nur einmal habe ich von ihm ein Wort aufgefangen, das sie wiederholt hat.

Es hieß Grobbe, kann aber auch Gruppe gewesen sein, obwohl es bei ihr mehr wie Grobbe klang. Außerdem ist mir eines aufgefallen. Da sie so leise miteinander sprachen, wäre jeder Beobachter davon ausgegangen, dass sie liebevoll miteinander turtelten. Andererseits, wenn man genau hinsah, schien es, als hielte der Mann deutlich Abstand von ihr, so, als sei ihm jede zufällige Berührung unangenehm. Sie hingegen suchte mehrfach körperlichen Kontakt, dem er aber immer geschickt auswich. Also, ein Liebespaar waren die beiden sicher nicht, zumindest nicht mehr!“

Fuß hatte sich ein paar Notizen gemacht, was ihm zweckdienlich erschien. Trotzdem konnte er sich auch nach dieser Aussage noch keinen Reim auf alles machen.

Hauptkommissar Schäfer war sofort nach Bekanntwerden des zweiten Mordes mit seinem Kollegen Erasmus ins Hotel gefahren. Ein Streifenkollege hatte sich bis zu ihrem Eintreffen vor dem Zimmer postiert, weil zunächst kein Siegel zur Verfügung stand, und freute sich über die Ablösung.

Sagkra hatte wohl nicht mit seinem frühzeitigen Ableben gerechnet, denn sein Laptop stand frei zugänglich und angeschlossen auf dem Tisch und auch sein Aktenkoffer lag unverschlossen auf dem Bett. Ein Pilotenkoffer mit Zahlenschloss stand im Schrank, war aber auch für jeden, der diesen öffnete, sofort zu entdecken. Schäfer und Erasmus packten alles, was sie vorfanden und Sagkras Eigentum zuzurechnen war, in Plastiksäcke, nachdem sie vorher ausreichend viele Fotos geschossen und Fingerabdrücke gesichert hatten.

Ben Barsig hatte sich nach dem Lesen der Akte bewusst in das Hotel eingemietet, in dem Haneche gewohnt hatte. Zum einen widerstrebte es ihm, bei auswärtigen Einsätzen auf Staatskosten hohe Spesenabrechnungen vorzulegen, zum anderen wollte er den Ort kennenlernen und „erspüren“, wie er es gerne nannte, an dem das erste Mordopfer seine letzte Nacht verbracht hatte. Wichtig für ihn waren eine Dusche, eine Badewanne oder ein Schwimmbad. Dieses Hotel verfügte nur über Duschkabinen in den Zimmern, also duschte er. Während er sich so unter die Brause stellte, dass das Wasser sich direkt von der Kopfmitte gleichmäßig über seinen ganzen Körper verteilen konnte, fügte er noch einmal alle Fakten zusammen, die ihm bisher bekannt waren. Da er nur die wenigsten Personen und – bis auf dieses Hotel – auch die Handlungsorte nicht kannte, fühlte er sich frei, in seiner Fantasie Zusammenhänge zu sehen, die er kurz abwägte, sie begriff, verwarf oder als Fragen behaftet abspeicherte, um sie später zu klären.

Als Erstes war ihm beim Betreten des Hotelzimmers aufgefallen, dass es nicht unbedingt der Ort für einen „flotten Dreier“, wie es wörtlich in dem Bericht von Hauptkommissar Schäfer stand, war. Ein relativ schmales Doppelbett, das gleichzeitig durch ein Querlager oberhalb ein etwas ungewöhnliches Stockbett darstellte. Während sich das eher kühle Wasser über seinen Körper ergoss, stellte er sich die Situation vor und musste dabei schmunzeln. Drei Personen in dem Doppelbett ließen ihn sofort an ein Sandwich denken. Er verwarf diese Vorstellung sehr schnell und entschied sich schließlich für die praktikablere Bäumchen-Bäumchen-wechsel-dich-Variante.

Die nächste Überlegung, die ihm durch den Kopf ging, war die Frage: Wer war neben dem ermordeten Bashkim Haneche und der immer noch unbekannten Frau, die dritte Person? Man durfte davon ausgehen, dass sich die drei kannten und sich sicherlich nicht zum ersten Mal zu intimen Spielen zusammengefunden hatten. Haneche und Sagkra kannten sich, somit konnte Sagkra nicht ganz ausgeschlossen werden, auch wenn die Dame von der Hotel-Rezeption den Wiener auf dem Foto nicht erkannt hatte. Nichts wäre leichter gewesen, als nach den Spielchen durch das Fenster zu verschwinden. Immerhin handelte es sich um ein Zimmer zu ebener Erde. Doch dann fiel ihm ein, dass Sagkras DNA nicht mit der im Hotelzimmer gefundenen übereinstimmte, und er verwarf den Gedanken wieder.

Barsig machte einen Gedankensprung. Sagkra hatte sich mit der Unbekannten in diesem Forsthaus-Restaurant getroffen. Zwar hatte Fuß den verletzten Kollegen so verstanden, dass die beiden nicht wie ein Liebespaar gewirkt hatten und Sagkra körperliche Nähe eher gemieden hatte. Fast automatisch drehte Barsig das Wasser bis zum Anschlag des Hebels auf kalt. Vielleicht waren ja alle bisherigen Überlegungen völlig falsch, und beide Morde waren Folge eines Beziehungsdramas, schoss es ihm plötzlich durch den Kopf. Wäre da nicht der Umschlag mit dem Geld. Und warum waren Haneche und die Frau auf die Festung gefahren?

Barsig drehte das Wasser wieder ab, griff nach dem Handtuch und schwang es sich um die Hüften. Er genoss die Kühle und Frische seines Körpers, warf sich diagonal auf das schmale Doppelbett und starrte an die Decke. Seine Hand tastete nach der Mineralwasserflasche, die er neben das Bett gestellt hatte und er nahm einen großen Schluck daraus. Nein, man durfte die privaten, möglicherweise sogar sexuellen Beziehungen zwischen den Beteiligten nicht außer Acht lassen, aber sie waren sicherlich nicht das Hauptmotiv für die beiden Morde. Er stellte die Flasche wieder neben dem Bett ab, griff nach der Fernbedienung des Fernsehgeräts und begann zu zappen.

Nada Kovac meldete sich am Telefon. Sie hatte aus den Radionachrichten erfahren, dass nun auch Herr Sagkra ermordet worden war, und wollte von Fuß wissen, ob möglicherweise auch für Frau Haneche Lebensgefahr bestand.

„Davon ist nicht auszugehen," meinte Fuß, „es sei denn, sie hat uns einiges verschwiegen und weiß mehr, als sie zugibt."

„Das glaubc ich nicht", erwiderte die Dolmetscherin. „So wie ich sie einschätze, ist sie eine ehrliche Frau und viel zu ängstlich, etwas Unrechtes zu tun."

„So haben wir zunächst auch ihren Mann gesehen", beharrte Fuß, „bis wir von seinem Doppelleben überzeugt waren ..." Dabei fiel ihm etwas ein. „Wir haben den Fotoapparat von Herrn Sagkra in seinem Hotel sichergestellt und es werden in Kürze die Fotos ausgewertet. Es sollen auch einige Personen auf den Bildern sein. Vielleicht kennt Frau Haneche die eine oder andere und kann uns so bei unseren Ermittlungen behilflich sein."

„Das wird sie bestimmt gerne machen. Wann können wir vorbeikommen?"

Fuß überlegte kurz. Schäfer musste gerade dabei sein, die Fotos auszudrucken. Für vierzehn Uhr hatte sich die Soko wieder verabredet, um die Auswertung gemeinsam vorzunehmen. Nichts sprach dagegen, dass Frau Haneche an dieser Sitzung teilnehmen konnte.

Schäfer hatte die Fotos der Speicher-Karte ausgedruckt und einen weiteren Tisch in den Besprechungsraum bringen lassen, um sie alle nebeneinander auszulegen. Nur an einer Stelle hatte er einen freien Platz gelassen ... dort, wo die Aufnahmen begannen, die Sagkra auf dem Festungsplateau gemacht hatte.

Alle standen vor dem Tisch und betrachteten die Bilder. Die meisten zeigten verschiedene Motive von der *BUGA*-Fläche auf dem Ehrenbreitsteinplateau.

Frau Haneche konzentrierte sich hauptsächlich auf die ersten Fotos, die nicht Motive der *BUGA* wiedergaben. Immer wieder wechselte sie ein paar kurze Worte mit ihrer Dolmetscherin. Fuß beobachtete die beiden genau, hatte aber nicht den Eindruck, dass Frau Haneche irgendjemand auf diesen Fotos erkannte.

„Es muss schon einen Grund gegeben haben, dass Sagkra Bilder der *BUGA* nur oben auf der Festung gemacht hat und nicht auch unten zum Beispiel im Schlossbereich. Immerhin steht in dem Observationsbericht, dass sich Sagkra dort auch aufgehalten und umgesehen hat“, bemerkte Hauptkommissar Ewalt sofort.

Liane deute auf eines der ersten Fotos dieser Reihe. „Das ist die Stelle, wo gegraben wurde.“

„Da war aber nix“, brummte Fuß und beugte sich über eines von mehreren Fotos, die einen *BUGA*-Bereich besonders häufig zeigten. „Er hat die Kamera immer über Kopfhöhe gehalten, das wird einen Grund gehabt haben.“

„Klar, er wollte möglichst über die Köpfe der Besucher hinweg fotografieren, so etwas mache ich in solchen Situationen auch“, versuchte Weberknecht zu erklären.

Schäfer und Barsig konzentrierten sich mehr auf die ersten Fotos, die alle nicht auf dem *BUGA*-Gelände entstanden waren. Eigentlich alles typische Touristenfotos von Koblenz: das Deutsche Eck, die alte Basilika Sankt Kastor, die Balduinbrücke, der Florinsmarkt mit der Augenroller-Uhr an der Fassade des Mittelrheinmuseums und schließlich der Schängel-Brunnen und ein Blick über den Münzplatz mit seinen Bronzefiguren in die

Fußgängerzone hinein. Sagkra hatte offenbar, wie jeder gewöhnliche Tourist, einen Rundgang durch die Koblenzer Altstadt gemacht. Die letzten drei Fotos aus dieser Serie waren im Weindorf entstanden. Schäfer beugte sich vor, hob die drei Fotos vom Tisch und trat mit ihnen ans Fenster. Es war dreimal fast das gleiche Motiv. Nur, dass an den Tischen im Innenhof des Weindorfs die Gäste gewechselt hatten und auf dem dritten Foto bereits die Außenbeleuchtung eingeschaltet war. Schäfer legte die drei Fotos auf die Fensterbank und betrachtete sie, wie er früher immer diese Suchbilder fixiert hatte, bei denen man etwas gewinnen konnte, wenn man die kleinen Unterschiede fand. Plötzlich pfiff er leise durch die Zähne und machte, ohne aufzusehen, seinen Kollegen ein Handzeichen, ans Fenster zu kommen. Mit der Spitze eines Kugelschreibers deutete er auf das erste Foto, auf dem noch relativ wenige Gäste des Weindorfs zu sehen waren.

„Das könnte Haneche sein." Dann deutete er auf das zweite Foto und die gleiche Person, die sich inzwischen mehr im Profil zeigte. „Und das beweist, es ist Haneche ... und jetzt kommt's!" Er deutete auf den gleiche Tisch, nur saß jetzt neben Haneche eine zweite Person, zwar mit dem Rücken zur Kamera, aber den Kopf seinem Nebenmann zugewandt. „Wer ist das?"

Ewalt, von Hause aus etwas kurzsichtig, nahm das Foto von der Fensterbank und betrachtete es genauer. „Kein Zweifel, das ist unser Gartenarchitekt Hoffmann. Den erkenne ich schon allein an seiner Papageien-Kleidung. Aber dahinter, von Haneche verdeckt, sitzt noch jemand."

Rasch ging das Foto von Hand zu Hand. Auch Frau Haneche bestätigte, dass dies mit Sicherheit ihr Mann sei, sie den anderen Mann aber nicht kenne.

„Kein Zweifel, die Person hinter Haneche ist eine Frau!“, stellte Fuß schließlich fest. „Wilfried, mach davon gleich morgen eine möglichst große Ausschnittvergrößerung. Das könnte unsere Unbekannte sein.“

„Da gibt es noch etwas Interessantes!“

Erschrocken drehten sich alle um. Keiner von ihnen hatte bemerkt, dass Barsig beim Tisch und den anderen Fotos vom *BUGA*-Plateau stehen geblieben war.

„Fällt Ihnen bei den Fotos etwas auf?“, fragte er mit einem merkwürdig geheimnisvollen Lächeln.

Alle betrachteten noch einmal die Fotos mit den unterschiedlichsten Anpflanzungen, jedes ein Traummotiv für Gartenliebhaber.

„Na?“

Nacheinander schüttelten die anderen Betrachter den Kopf.

„Achten Sie mal weniger auf die Blumen-, Baum- und Pflanzenpracht, sondern mehr auf den Hintergrund.“

„Meinen Sie die Blumenhallen?“, fragte Ewalt schließlich zögernd.

„Die sind aber nicht immer zu sehen“, wandte Fuß sofort ein.

„Richtig“, bestätigte Barsig auch sofort. „Aber eine ganz bestimmte Ecke der Blumenhallen ist auf jedem Bild aus verschiedenen Perspektiven zu erkennen.“

„Und das heißt ...?“

„Weiß ich noch nicht“, gestand Barsig. „Aber ich glaube nicht an so häufig auftretende Zufälle.“

Schäfer nickte. „Da muss ich Ihnen uneingeschränkt recht geben. Das könnte einen bestimmten Grund haben. Nur welchen?“

„Dürfen wir uns jetzt wieder verabschieden?“, wollte Frau Kovac wissen.

Fuß und Barsig nickten sich gegenseitig zu. Die beiden Frauen verließen daraufhin dankbar lächelnd den Raum.

„Was haben die Untersuchungen der Spurensicherung sonst noch ergeben?“

Alle Blicke richteten sich sofort auf Schäfer.

„Beim Laptop müssen wir erst noch das Codewort knacken, Erasmus ist bereits damit beschäftigt. Dann hatte er eine Menge Bücher bei sich, wobei wir da noch keine Zusammenhänge sehen. Er hatte einige Literatur über Koblenz, Ehrenbreitstein, jede Menge Infomaterial zur *BUGA*, alles unverdächtiges Material, was jeder interessierte Koblenz-Tourist oder *BUGA*-Besucher mit sich führen kann. Das einzig Auffallende, aber sicherlich auch nichts Ungewöhnliches, ist eine alte Karte des Festungsgeländes, aber ohne jede Hinweise oder Kreuzchen. Lediglich am oberen Rand, wahrscheinlich einmal mit Bleistift geschrieben, stark verwischt und kaum zu lesen, steht *GL,* Pause, *Th,* mit Punkt dahinter, dann fehlen Buchstaben und zum Schluss noch *ppe.* Ist dann aber durchgestrichen und korrigiert auf *L,* wieder ein Punkt, es folgt ein kurzes Wort und dann *SJ.* Wir lassen gerade prüfen, von wann diese Karte etwa stammt und was diese Notizen bedeuten können. Sehr alt wird sie allerdings nicht sein, schätze mal Anfang des letzten Jahrhunderts. Das einzig Wichtige bisher ist, dass unsere Unbekannte offenbar Sagkra einen Besuch abgestattet hat ...“

„Dann kann uns doch sicherlich ein Mitarbeiter des Hotels ...“, unterbrach Fuß sofort seinen Kollegen.

Doch Schäfer winkte sofort lächelnd ab. „Haben wir schon. Kein Mensch vom Kellner bis zum Rezeptionspersonal hat je eine Frau gesehen, auf die diese Beschreibung passt. Aber auch das besagt nichts, denn man kann ja von der Garage mit dem Aufzug unbehelligt zu den Zimmern fahren. Es wäre also reiner Zufall, wenn jemand aus dem Hotel ihr begegnet wäre ... ist aber auch nicht."

Schäfer blickte etwas belustigt in die enttäuschten Gesichter seiner Kollegen.

„Wann können wir mit dem Code-Knacken des Laptops rechnen?", stöhnte Ewalt.

Schäfer zuckte nur mit den Schultern. „Ich kann euch nur noch einiges zu dem Bohrloch sagen. Also es wurde kein Fahrzeug aus dem *BUGA*-Gerätepark verwendet, es wurde aber auch kein Tor aufgebrochen. Fazit, es gibt unter den Tätern einen *BUGA*-Insider ... nur wer? Wir haben Reifenspuren und Erde aus dem Bohrloch außerhalb des Haupteingangs Festungsplateau, auf der Zufahrtstraße zu den Siedlungshäusern gefunden. Dort wurde das Bohrgerät offenbar ab und auch wieder aufgeladen. Im Moment gehen Kollegen von Haus zu Haus. Vielleicht hat ja jemand etwas beobachtet. An der zurückgelassenen Schaufel konnten keine verwertbaren Spuren festgestellt werden."

„Das heißt, wir schauen wieder in die Röhre", knurrte Fuß und begann sein Gesicht zu kneten. „Du hast da eben etwas von dieser Karte erzählt", begann er dabei nachdenklich, „von der handschriftlichen Notiz ... Dazu kann ich etwas sagen. Becker hat bei dem Gespräch zwischen Sagkra und der Frau etwas Ähnliches aufgefangen. Er meinte Grobbe oder Gruppe. Möglicherweise ging es dabei um diesen Plan, dieses ppe könnten die letzten drei Buchstaben von Gruppe sein."

Barsig erhob sich von seinem Stuhl. „Bringen Sie den Plan doch zur nächsten Sitzung einmal mit, wenn möglich gleich in mehreren Kopien, Vielleicht können unsere Spezialisten beim

BKA damit etwas anfangen und zur Klärung beitragen. Da hinter dem T und H ein Punkt steht, würde ich das eher als Abkürzung eines Vornamens ansehen. Zum Beispiel von Thomas oder Thorsten, und dieses G und L davor könnte Grünland, Gauleiter, Gemeindeland, ach, was weiß ich, alles bedeuten ..."

„Bevor wir auseinander gehen", meldete sich Ewalt zu Wort. „Diese Fotos vom Weindorf belegen, dass Hoffmann mich belogen hat. Er hat zu mir gesagt, dass er Haneche außerhalb des *BUGA*-Geländes nie getroffen habe. Auch das sollten wir verifizieren."

„Soll ich ihn vorladen?", erkundigte sich Liane Esser, die sich wieder von den Ermittlungen ausgeschlossen fühlte.

Fuß hob den Daumen nach oben. „Morgen früh um zehn im Präsidium."

7.

Barsig war nach Feierabend mit Fuß nach Alken gefahren. Voller Stolz zeigte der Hauptkommissar seinem BKA-Kollegen von der Terrasse der Straußwirtschaft aus den romantischen Blick auf die Burg Thurant und seine Weinberge. Obwohl Ben Fuß mehrmals seine Vorliebe für Mineralwasser beteuerte, gelang es dem Winzer nach Räumung der Terrasse bei Kerzenschein, ihn zu einem kleinen Glas trockenen Kerner zu überreden.

„Zugegeben, er schmeckt ausgezeichnet", gestand Ben, „aber ich ziehe Mineralwasser allem anderen vor."

„Alkoholprobleme?", fragte Fuß vorsichtig, denn er wusste, dass viele seines Berufsstandes wegen der unregelmäßigen

Arbeitszeiten und dem ständigen Stress, Schwierigkeiten damit hatten.

Ben lachte lauthals. „Nein, überhaupt nicht. Es ist nur ein Tick von Kindesbeinen an. Wasser in jeder Form ist für mich ... eine Gier oder eine Leidenschaft. Am liebsten würde ich jetzt die Straße hinuntergehen und in der Mosel schwimmen und dabei über den Fall nachdenken."

Fuß schüttelte verständnislos den Kopf. „Da wissen Sie gar nicht, was Sie versäumen."

„Dasselbe könnte ich zu Ihnen sagen", widersprach Ben. „Spendieren Sie mir noch eine Flasche Mineralwasser und ich bin der glücklichste Mensch dieser Erde."

Fuß stand wortlos auf, verschwand kurz hinter der kleinen Terrassenbar und kam mit einer frischen Flasche Mineralwasser zurück. „Wenn das alles ist ..." Er hob sein Glas mit Rosé und prostete seinem Kollegen zu. „Auf dass wir endlich unsere unbekannte Tante finden und diesen Fall zu Ende bringen können. Ich habe gehört, alle machen Druck auf unseren Präsidenten. Kaum jemand schreibt oder spricht noch von der schönen Bundesgartenschau, ohne nicht sofort auch auf die Morde zu sprechen zu kommen."

Ben prostete mit seinem Glas Mineralwasser zurück. „Ich darf mir den Rest der Flasche mitnehmen? In meinem Hotel gibt es nur die kleinen Automatenflaschen. Außerdem ..." er schaute Fuß lachend von der Seite an, „... außerdem muss ich noch nachdenken ... unter der Dusche."

Liane Esser saß bereits eine gute halbe Stunde vor Beginn der offiziellen Arbeitszeit an ihrem Schreibtisch, vor sich ihre kleine Digitalkamera und einen Umschlag. Sie konnte es kaum erwarten, dass Fuß kam. Es konnte auch Ewalt oder

Weberknecht sein. Nur einer, dem sie endlich die beiden Fotos zeigen konnte, die sie gestern Abend, zitternd vor Aufregung und deshalb leicht verwackelt gemacht hatte. Immer wieder blickte sie sehnsüchtig zwischen ihrer Armbanduhr und der Tür hin und her.

Endlich öffnete sie sich. Vor Freude hätte Liane beinahe aufgeschrien, denn gleich zwei betraten das Büro: Fuß und Ewalt, die sich bereits im Aufzug getroffen hatten.

„Wie sehen Sie denn aus?", platzte Fuß sofort heraus. Lianes Kopf war knallrot, kleine Schweißperlen glitzerten auf ihrer Stirn. „Haben Sie Fieber, sind Sie krank?"

Vor Erregung bekam Liane kein Wort heraus. Mit zitternder Hand hielt sie ihrem Chef den Umschlag entgegen, beinahe wäre er ihr sogar noch aus der Hand gefallen.

„Was ist los?", wollte jetzt auch Ewalt mit besorgter Miene wissen.

Der Umschlag war nicht verschlossen. Fuß zog zwei schwarz-weiß Computerausdrucke heraus und erstarrte. Auch er musste erst verstehen, was er auf den Ausdrucken sah. Wortlos reichte er die beiden Bilder seinem Kollegen.

„Wo haben Sie denn die Frau angetroffen", fragte er und merkte, dass auch ihm beim Anblick der Frau die Worte fehlten. High Heels, Kopftuch ... nur die Sonnenbrille war nicht zu sehen, weil man sie von hinten sah, aber deutlich war, trotz der Unschärfe der Fotos, ihr unsicherer und staksiger Gang zu erkennen.

Als Erster hatte sich Fuß wieder gefangen. „Wo haben Sie die Frau entdeckt?"

„Im ... Fernsehen"!"

„Fernsehen?", wiederholte Fuß ungläubig. „Machen Sie keine Witze."

Hinter ihm öffnete sich die Tür und Barsig betrat das Büro. Wortlos reichte Ewalt ihm ohne Gruß die beiden Bilder.

Auch Barsig betrachtete die Bilder eine Weile. „Ist sie das?“, fragte er dann, allerdings ohne ein Anzeichen von Erregung. „Gratuliere!“

„Die hat Frau Esser im Fernsehen ...“, begann Fuß.

Liane sprang von ihrem Sessel auf. „Das ist Harald Juhnke!“

„Juhnke?“, kam es fast im Dreiklang, der sich bei allen in ein fast schallendes Gelächter auflöste und Weberknecht, der unbemerkt den Raum betreten hatte, in Verwirrung versetzte.

„Was ist mit Juhnke ... Harald Juhnke?“

Barsig gab die beiden Fotos lachend an das vierte Soko-Mitglied weiter.

Erst jetzt war Liane imstande zu sprechen und sie spudelte plötzlich los wie ein Wasserfall.

„Gestern Abend habe ich mir die Sendung *Harald und Eddi* angeschaut. Das waren alte Sketche mit den beiden. Sie wissen, so ähnlich wie auch *Sketch-up* damals mit Iris Berben und Dieter Krebs. Und plötzlich tauchen die beiden, also Juhnke und Arent, in zwei Sketchen in Frauenrollen auf. Ich konnte noch schnell genug meine Kamera holen und habe einfach nur auf den Auslöser gedrückt. Der Juhnke stakste genau so, wie unsere Zeugen es beschrieben haben. Und jetzt ... jetzt glaube ich, auch unsere gesuchte Frau ist ...“, sie schaute triumphierend von einem zum anderen, „... vielleicht in Wirklichkeit ... ein Kerl.“

Es dauerte fast eine Stunde, bis sich die *Soko Blütenpracht* mit der neuen, durch Zufall von Liane Esser entdeckten Möglichkeit angefreundet hatte. Im Vordergrund stand die Diskussion, ob man sich nunmehr nur durch das Vorhandensein einer zufälligen Ähnlichkeit verleiten ließ, den ganzen Fall neu zu betrachten. Hier war der studierte BKA-Mann Ben Barsig für die Soko eine echte Bereicherung.

„Wenn man fest von etwas überzeugt ist, sollte man immer darüber nachdenken, was dagegen spricht", ermahnte er seine Koblenzer Kollegen und bedauerte in diesem Moment, kein Hotel mit Pool gebucht zu haben. Eine Stunde Schwimmen oder nur an der Wasseroberfläche den Toten Mann spielen, hätte ihm beim Nachdenken gute Dienste geleistet. „Warum soll sich ein männlicher Wer-auch-immer als Frau verkleiden? Was ist mit dem flotten Dreier im Hotel, von dem wir bisher aufgrund der DNA ausgehen mussten? Und außerdem, in kritischen Situationen wäre diese Art der Verkleidung mit den hohen Absätzen nur von Nachteil gewesen ... ein unnötiges Risiko. Wenn wir alle diese Fragen beantworten, wissen wir auch, ob die neue Perspektive neue Ermittlungen erfordert."

„Wir sollten Schäfer hinzuziehen", schlug Fuß vor.

Barsig erklärte sich ebenso wie die anderen sofort mit dem Vorschlag einverstanden. Liane wurde beauftragt, Schäfer anzurufen und ihn zu einer Besprechung zu bitten.

„Sagen Sie ihm aber nicht, worum es geht!", bat Barsig. „Er soll völlig unbefangen mit der neuen Möglichkeit konfrontiert werden. Außerdem erinnern Sie ihn daran, den Plan und die Kopien mitzubringen."

„Wie schaut ihr mich denn an?" Schäfer hatte sofort beim Betreten des Besprechungsraums das Gefühl, es müsse etwas passiert sein. Einzig und allein der BKA-Kollege machte einen völlig normalen Eindruck auf ihn.

Wortlos schob Fuß seinem Freund die beiden Fotos zu, die Liane vom Bildschirm abfotografiert hatte. Zum Staunen aller begann Schäfer schon beim ersten flüchtigen Blick auf die Fotos zu lächeln und warf die Bilder zurück auf den Tisch.

„Ihr werdet jetzt lachen, aber diesen Gedanken hatte ich auch schon einige Male, fand ihn allerdings etwas zu abwegig. Aber gestern Abend haben meine Frau und ich auch Fernsehen geguckt und *Harald und Eddi* gesehen. Daraufhin bin ich nochmals gedanklich alle unsere Ermittlungen durchgegangen ...“

„Was ist mit dem flotten Dreier im Hotel?“, fiel ihm Ewalt ins Wort.

„Dazu gibt es eine ganz simple Erklärung. Unsere männliche Frau ist schwul und Haneche war sein Gespiele. Das können wir per DNA sofort nachweisen, wenn wir ihn haben. Außer dem Sperma haben wir ja auch noch Haare gefunden und wie es jetzt aussieht von einer Echthaar-Perücke.“

Weberknecht warf einen kurzen Blick auf seinen Notizblock vor sich. „Was ist mit den Fingerabdrücken in Sagkras Hotelzimmer, dort ist die Unbekannte, laut Hotelpersonal, nie gesehen worden.“

„Auch dafür gibt es eine einfache Erklärung. Hier ist er immer als er selbst aufgetreten. Wenn wir ein Bild von ihm haben, dann wird sich das schnell ermitteln lassen.“

Barsig, der während der Unterhaltung mit einem Glas Mineralwasser in der Hand im Raum auf und ab gegangen war, stellte das Glas auf dem Tisch ab und setzte sich neben Fuß. „Hat sich denn nie einer der Zeugen zu der Stimme der Frau geäußert?“

„Das Einzige, was wir in dieser Richtung wissen, ist, dass sie die Sprache von Haneche beherrschte“, erklärte Fuß seinem Nachbarn. „Allerdings ist auch niemand auf die Idee gekommen, nach der Stimmlage zu fragen.“

„Unsere Schwuchtel Hoffmann könnte, wenn man die Augen schließt, von der weichen und helleren Stimme her auch eine Frau sein." Immerhin hatte Ewalt die Stimmlage dieses Paradiesvogels von den zwei Besuchen noch in guter Erinnerung.

„Apropos Hoffmann!" Fuß schaute zu Liane hinüber und warf einen Blick auf seine Armbanduhr. Es war zwanzig nach zehn. „Sollte der nicht längst hier sein?"

Auch Liane blickte auf ihre Uhr. „Ich habe es ihm ausrichten lassen. Er war gestern nicht in seinem Büro." Sie stand auf und verließ den Besprechungsraum, um erneut bei Hoffmann anzurufen.

„Was gibt es von der SpuSi Neues zu Sagkras Reisegepäck?"

Schäfer öffnete den mitgebrachten Schnellhefter und begann zu blättern. „Also, den Pilotenkoffer haben wir geöffnet. Der war randvoll mit Fünfzig-Euro-Blüten, wahrscheinlich made in Montenegro, wo damals die D-Mark als offizielle Landeswährung eingeführt wurde und man deshalb auch das Originalpapier erhielt. Die Euro-Scheine sind auf diesem Papier gedruckt und dabei wird auch das Lösungsmittel, von dem man Spuren in Haneches Blut gefunden hat, verwendet. Offensichtlich hat er sich in letzter Zeit öfter in dieser Druckerei aufgehalten."

„Dann geht es doch um Falschgeld?" Man merkte Weberknechts Stimme an, dass der allmählich an dem ständigen Hin und Her von Möglichkeiten verzweifelte.

„Das eine muss mit dem anderen nicht unbedingt etwas zu tun haben", erklärte Barsig. „Die *Balusa* hat in so vielen schmutzigen Geschäften ihre Finger, da kann man gar nichts ausschließen."

Schäfer zog ein Foto aus seinem Schnellhefter. „Dann haben wir hier noch den Großausschnitt aus dem Foto, das Sagkra im Weindorf gemacht hat.“ Er reichte das Foto herum. Allerdings war außer einer kleinen Haarnackenlocke und dem Teil eines Ohrrings darauf nichts zu erkennen.

Trotzdem gab Ewalt sofort einen Überraschungslaut von sich. „Ich glaube, den Ohrring kenne ich. Zumindest trug die Kleine an der Bergstation der Seilbahn einen ähnlichen. Wie war noch mal ihr Name ...?“ Hastig blätterte er in seinen Unterlagen, doch Weberknecht war schneller.

„Gundula McGloy!“

Fuß machte Liane, die soeben den Raum wieder betreten hatte, ein Zeichen. „Sofort bei der Seilbahn-Bergstation anrufen und fragen, ob Frau McGloy heute Dienst hat. Dann soll sie umgehend von einer Streife abgeholt und hierher gebracht werden.“

„Mach ich“, antwortete Liane. „Aber es wird Sie interessieren, dass Hoffmann seit vorgestern nicht mehr im Büro war, sich aber auch nicht krank gemeldet hat.“

Fuß schlug so mit der flachen Hand auf den Tisch, dass alle zusammenzuckten. „Das ist ja der Hammer. Dann ist er vermutlich unsere unbekannte Frau.“

Barsig stellte sein Glas, aus dem er gerade wieder einige kleine Schlucke zu sich genommen hatte, auf den Tisch. „Möglich, aber aus meiner Sicht recht unwahrscheinlich. Dann wäre er auch im Weindorf als Frau aufgetaucht und hätte als Hoffmann den öffentlichen Kontakt zu Haneche gemieden. Trotzdem sollte man ihn sofort zur Fahndung ausschreiben.“

„Das übernehme ich“, meldete sich Weberknecht freiwillig und verließ mit Liane den Raum.

„Gibt es hier in der Nähe ein Schwimmbad? Möglichst kein öffentliches sondern eins, das um diese Uhrzeit wenig oder nicht besucht ist.“ Die Frage konnte nur von Barsig kommen.

Es hatte nicht viel Überredungskunst sondern nur ein paar freundliche Worte und ein kleines Trinkgeld gekostet. Seit gut zwanzig Minuten lag Ben Barsig auf der inzwischen wieder fast spiegelglatten Wasseroberfläche des Hotelpools. Leise Musik berieselte die kleine, aber gemütlich eingerichtete Halle, in der sich außer Barsig niemand aufhielt. Genau das hatte er gesucht.

Zur gleichen Zeit liefen im Polizeipräsidium die Telefone heiß. Auch Gundula McGroy war seit zwei Tagen nicht mehr zur Arbeit erschienen. Sie hatte einen Anruf erhalten und sich eine halbe Stunde später wegen starker Magenschmerzen abgemeldet. Seither hatte sie niemand mehr gesehen.

Fuß hatte Liane sofort losgeschickt, um bei der Seilbahnverwaltung Einblick in die Personalakte von Frau McGloy zu nehmen und die Wohnadresse festzustellen. Gleiche Informationen holte Ewalt bei der *BUGA*-Verwaltung bezüglich Michael Hoffmann ein. Man hatte sich auf vierzehn Uhr verabredet, nachdem auch Barsig von den BKA-Spezialisten für Dechiffrierung und Verschlüsselungen die Zusage hatte, bis dahin eine erste Auswertung zu den Notizen auf dem alten Plan der Festung zu bekommen.

Die Hauptkommissare Fuß und Ewalt nutzten die Zeit, noch einmal gemeinsam die einzelnen Protokolle und Notizen durchzusehen und, soweit noch nicht geschehen, aufeinander abzustimmen. Eine Arbeit, die Fuß seit Beginn seiner Kripotätigkeit zum Kotzen fand. Als dann auch noch seine Frau anrief und ihn bat, etwas aus der Metro mitzubringen, wäre er beinahe ausgerastet. Auf jeden Fall hing nach dem recht kurzen Telefonat für den Abend und vielleicht auch die nächsten Tage der Haus- und Straußwirtschaftssegen schief.

Zum Glück hatten weder Schomisch noch Zirfas der Soko gegenüber verlauten lassen, dass Oberbürgermeister Professor Doktor Hofmann-Göttig zusammen mit der Staatsanwaltschaft und dem Polizeipräsidenten für den Nachmittag um sechzehn Uhr eine Pressekonferenz angekündigt hatten. Die beiden Pressesprecher hatten beschlossen, erst kurz vor der Konferenz den aktuellen Ermittlungsstand der *Soko Blütenpracht* einzuholen.

Mit Glockenschlag vierzehn Uhr betrat Ben Barsig mit noch feuchten Haaren und zwei Flaschen Mineralwasser den Besprechungsraum in dem die *Soko Blütenpracht* und Hauptkommissar Schäfer mit seinem Assistenten Erasmus bereits versammelt waren. Mit einem beinahe überschwänglichen „Hallo" nahm er neben Fuß Platz und schaute erwartungsvoll in die Runde.

Fuß, als Leiter der Soko, ergriff als Erster das Wort.

„Die Fahndung nach Hoffmann läuft. Allerdings vermuten der Kollege Ewalt und ich, dass er nicht flüchtig, sondern nur untergetaucht ist, als er von der Ermordung Sagkras erfahren hat. Denn es gibt da eine wesentliche Neuigkeit, über die uns jetzt Kollegin Esser berichten wird."

Liane Esser fühlte sich nicht wohl, als sie merkte, dass plötzlich alle Blicke auf sie gerichtet waren. Erst gestern Abend die Erkenntnis vor dem Fernsehgerät, dann heute Morgen die Präsentation ihrer Fotos und jetzt wieder im Mittelpunkt stehen, war wohl etwas zu viel für die Fünfundzwanzigjährige, die immer Angst hatte, zu versagen oder das

Gefühl von den älteren Kollegen nicht ganz ernst genommen zu werden. Aber das war in ihrer Kindheit begründet. Als Jüngste mit vier großen Brüdern hatte sie so manche böse Erinnerung. Und ihr jetziger Chef, Hauptkommissar Fuß, zwang sie mit seiner manchmal etwas raubeinigen Art, obwohl er es eigentlich nie ernst meinte, in das alte Verhaltensmuster. Umso mehr verunsicherte es sie jetzt, dass er ihr praktisch als Erster das Wort übergab. Sie räusperte sich, nahm allen Mut zusammen und versuchte den neugierigen Blicken der geballten Männlichkeit um sie herum standzuhalten.

„Ich habe also Einblick in die Personalakte von Gundula McGloy gehabt. Sie ist dreiundzwanzig Jahre, war kurze Zeit mit dem Amerikaner James McGloy verheiratet und ist ...“, sie schaute kurz auf die vor ihr liegenden Unterlagen, „... in Krems in Österreich geboren. Ihr Geburtsname lautet ... Lugner.“ Sie holte tief Luft und fuhr sogleich fort. „Ihr Vater ist Anton Lugner, genannt Toni Lugner und Mitinhaber von *Balusa* in Wien.“

„Das ist ja ein Ding!“, stieß Weberknecht amüsiert aus und griff fast automatisch in seine Jackentasche, um die Marlboro-Schachtel herauszuziehen.

„Das heißt also“, resümierte Schäfer sofort, „auf dem Umweg über diese Tochter hatte ihr Vater Kontakt zu Hoffmann ... das erklärt jetzt Hoffmanns Angst. Nur, was ist schiefgelaufen?“

Barsig stellte langsam sein gerade leer getrunkenes Glas ab. „Dazu kann ich vielleicht einen kleinen Beitrag leisten, auch wenn es noch nicht des Rätsels Lösung ist. Was es mit der Karte auf sich hat, die wir bei Sagkra gefunden haben, wissen wir noch nicht. Aber für die Notiz am oberen rechten Rand haben unsere Spezialisten eine mögliche Lösung gefunden.“

Er schlug die mitgebrachte Mappe auf und überflog noch einmal kurz den Text. Weberknecht hatte seine Schachtel Marlboro wieder zurück in die Tasche gesteckt, nachdem ihm Ewalt unter dem Tisch einen Hinweis mit dem Fuß gegeben hatte.

„Fündig geworden ist man zunächst bei den Buchstaben *SJ*. Das ist die Abkürzung für Societas Jesu, den Zusammenschluss der Jesuiten und wird hinter die Namen der Mitglieder gesetzt. Davon ausgehend, dass es sich hierbei also möglicherweise um den Namen eines Angehörigen des Jesuiten-Ordens handeln könnte, dessen Vorname mit *L* beginnt, hat man Rückfrage beim Provinzialat in München gehalten. Da es in Deutschland, Dänemark und Schweden, die zur sogenannten Deutschen Provinz gehören, nur etwas mehr als vierhundert Mitglieder gibt, ist man sehr schnell auf den Namen Lothar Groppe ..."

„Groppe! Nicht Gruppe!" Die drei Worte von Fuß klangen fast wie eine Erlösung.

„... Lothar Groppe gestoßen, geboren neunzehnsiebenundzwanzig als jüngstes von vier Kindern einer Familie Irma und ..." Barsig blickte auf und zwinkerte leicht schmunzelnd in die Runde. „... Theodor Groppe. Damit wäre auch das TH, Punkt gelöst. Dieser Theodor Groppe war im Zweiten Weltkrieg ein hohes Tier bei der Wehrmacht und wurde am ersten November neununddreißig sogar zum Generalleutnant befördert. Damit wäre auch das *GL* auf der Karte erklärt. Nur, was fangen wir jetzt damit an?" Barsig schaute in die Runde. Während er auf Vorschläge wartete, goss er sich erneut ein Glas Mineralwasser ein, was einige am Tisch zu einem heimlichen Schmunzeln veranlasste. Als nach dem ersten Schluck von den Anwesenden keine Antwort erfolgt war, meinte Barsig: „Ich habe veranlasst, dass man versucht herauszufinden, ob dieser Jesuit noch lebt, wo seine Eltern gelebt haben und welchen Bezug sein Vater und später auch er zu Koblenz hatten. Ich erwarte bis spätestens morgen früh entsprechende Informationen." Mit einem aufmunternden Augenzwinkern fügte er hinzu: „So, jetzt seid ihr dran."

Doch zunächst herrschte nachdenkliches Schweigen im Raum. Der Fall *BUGA*-Leiche schien sich plötzlich in eine ganz andere Richtung zu bewegen.

„Egal was ist, wir müssen Hoffmann finden, bevor er von wem auch immer gefunden wird oder sich selbst etwas antut, weil er Dreck am Stecken hat", meinte Fuß, nachdem er sich wieder einmal sein Gesicht ausgiebig geknetet hatte.

„Und was unternehmen wir in Sachen Gundula McGloy?", fragte Liane, die hoffte, sich an deren Fersen hängen zu dürfen, um endlich mal eine eigenständige Aufgabe übertragen zu bekommen.

„Wissen Sie, wo sie wohnt?"

Liane nickte. „Auf der Karthause in der ..."

Die Tür wurde aufgerissen und ein älterer Kollege steckte den Kopf hinein. „Fuß, ganz schnell ans Telefon!"

Hauptkommissar Fuß sprang auf und eilte aus dem Raum.

„Wahrscheinlich wieder seine Alte", witzelte Ewalt. Er blickte auf die Uhr. Es war kurz vor sechzehn Uhr. „Gleich macht seine Straußwirtschaft auf und er muss noch hundert Gramm Blutwurst aus der Metro mitbringen."

Ewalt ahnte nicht, dass seine Bemerkung zumindest teilweise richtig war, denn kaum eine Minute später tauchte Fuß, im Gesicht weiß wie die Wand, wieder in der Tür auf. „Leute, jetzt scheint es ernst zu werden. Renate, das ist unsere Bedienung, hat auf dem Weg in unsere Straußwirtschaft diesen

Schönling in Alken gesehen, der neulich wahrscheinlich das Feuer gelegt hat. Ich muss sofort ...“

„Wir kommen mit!“, unterbrach ihn Ewalt, der bereits aufgesprungen war.

„Stopp!“ Keiner hatte einen solchen Befehlston von diesem sonst eher leisen und verbindlich wirkenden Barsig erwartet. „Das übernehmen wir!“ Wie in Zeitlupe trank er sein Glas leer, wobei ihn alle irritiert anschauten. Wusste er nicht, worum es hier ging?

„Von mir aus, fahren Sie alle getrennt oder in Grüppchen nach Alken. Und Sie, Fuß, nehmen dort ganz normal Ihre Arbeit auf, den Rest überlassen Sie bitte mir.“

Fuß versuchte während der Fahrt ruhig zu bleiben. In all seinen Dienstjahren war er noch nie in eine solche Situation geraten, die ihn selbst betraf. Es war offenbar das eingetreten, was andere befürchtet hatten. Es würde nicht wieder eine Warnung werden, wenn jetzt dieser Schönling, wie Erika ihn bezeichnet hatte, wieder auftauchte. Hoffentlich hatte sich Renate nicht geirrt und alle Aufregung war umsonst.

Kurz vor halb fünf öffnete Fuß die Tür zu seiner Straußwirtschaft. Renate, die ihn als Erste erblickte, kam ihm sofort entgegengeeilt und wollte etwas sagen. Doch Fuß packte sie kräftig am Arm und zog sie mit sich in den hinteren Lagerraum, wo er sich immer vom Kripobeamten zum Winzer verwandelte.

„Wo hast du ihn gesehen?“, war seine erste Frage, nachdem er die Tür hinter sich geschlossen hatte.

„Ich war noch Brote beim Bäcker Becker holen, weil Erika meinte, es würde nicht mehr für heute reichen. Da saß er im Café.“

„Bist du dir sicher?“

„Aber ja, Chef. Es saß auch noch eine junge Frau bei ihm am Tisch.“

„Alter?“

Renate überlegte kurz. „Anfang zwanzig.“

„Also gut. Wo ist Erika?“

„Die ist oben und traut sich nicht runter. Aber ich schaffe das hier schon allein. Halina ist in der Küche und es sind erst zehn oder zwölf Gäste unten und oben sitzen nur Emmi und Ekki mit Elvira und Willy.“

„Das ist gut“, meinte Fuß erleichtert. „Ich schicke sie dir runter und sieh zu, dass alle, die du kennst bis auf Weiteres nicht rauf auf die Terrasse kommen.“

„Wird schon, Chef!“, versuchte Renate ihre Nervosität zu überspielen.

„Und meine Alte soll runterkommen. Sofort. Sag ihr das, sonst lass ich mich scheiden!“, rief er ihr hinterher. Dann eilte er zur Terrasse hinauf.

Tatsächlich saßen nur die beiden Paare hier oben und genossen die Sonne.

„Was machst du denn jetzt schon hier? Habt ihr endlich euren *BUGA*-Mörder?“, frotzelte Ekki Priebe, ein Galerist aus Alken und Stammgast der Straußwirtschaft.

Fuß trat dicht an den Tisch heran. „Tut mir einen Gefallen. Fragt jetzt nicht, sondern nehmt eure Gläser und Flaschen und setzt euch unten hin. Bitte, schnell und ohne großes Fragen. Und benehmt euch unten ganz normal. Erika dreht sowieso durch.“

„Warum das denn?“, erkundigte sich Elvira erschrocken.

„Bitte! Keine Fragen und macht. Ich komme mit!“

Geschlossen gingen die fünf hinunter in den mittleren Schankraum und die beiden Paare nahmen in der Nische Platz.

Fuß eilte in die Küche. „Wo ist Renate?“

„Holt Erika, oben“, antwortete Halina, die gerade dabei war, eine sogenannte Winzerplatte mit Wurst und Käse zu belegen.

„Halina, egal was passiert. Du bleibst bitte hier in der Küche“

Die dunkelhaarige Polin mit den etwas traurigen Augen nickte und legte ein paar Gurkenscheiben auf die Platte. „Viel Glück!“

Fuß sah, dass Schäfer und Liane den Schankraum betraten. Der SpuSi-Hauptkommissar trat wie zufällig dicht an Fuß. „Wir sind alle verkabelt.“

Fuß nickte unauffällig. „Dann setzt euch unten an den Tisch gleich neben der Tür. Renate bedient euch.“

Schäfer und Liane gingen die wenigen Stufen zum unteren Schankraum zurück und setzten sich wie besprochen an den ersten Tisch. Hier konnten sie jeden sehen, der die Straußwirtschaft betrat oder verließ. Als Nächster tauchte Weberknecht auf. Fuß begrüßte ihn überschwänglich. „Ach, machen Sie mal wieder Urlaub in Alken. Oben auf der Terrasse ist jede Menge Platz. Ich komme auch gleich rauf.“

Weberknecht, der noch nie in Fuß’ Straußwirtschaft gewesen war, sah sich kurz um, zwinkerte Schäfer und Liane zu und stieg die Treppe hinauf, um durch den oberen Schankraum auf die Terrasse zu gelangen.

Fuß erblickte Erika in der Küche. Sie war blass und hatte rote Flecken im Gesicht. Er nahm sie beiseite, sodass sie vom Schankraum aus nicht beobachtet werden konnten.

„Ich glaube, du hast sie nicht mehr alle", begann sie sofort. „Ich bin fix und fertig. Erst das Feuer und jetzt ..." Sie schnappte nach Luft. Fuß nutzte den Moment.

„Bleib ganz ruhig, gleich wird es hier vor Zivilkollegen nur so wimmeln. Wichtig ist, dass alles ganz harmlos und normal aussieht. Außerdem wissen wir ja gar nicht, ob er kommt. Aus dem Schankraum waren laute Stimmen zu hören. Fuß drehte sich um und sah etwa acht bis zehn Männer und zwei Frauen. Einer der Männer war Ben Barsig.

„Sie können, wenn Sie wollen, auch auf der Terrasse oben Platz nehmen", begrüßte Fuß die Reisegruppe.

Allen voran stieg Barsig zur Terrasse hinauf. Fuß folgte ihnen. Doch oben verteilte sich die Gruppe an unterschiedliche Tische. Winzer Rindsfüßer nahm die Bestellungen entgegen. „Ihr solltet auch etwas essen", meinte er und deutete auf die Speisekarten, die auf den Tischen standen.

„Und wie geht's weiter?", fragte er leise bei Barsig.

„Alles okay. Sie müssen uns nur sagen, wenn er kommt."

Fuß nickte und warf wie zufällig einen Blick über die Brüstung. „Ich muss runter!"

Rasch stieg der Hauptkommissar die Treppen hinunter zum Schankraum. Er hatte einige seiner Stammgäste kommen sehen.

„Hallo, Leute. Bleibt lieber hier unten, oben wird es schnell kalt."

Fuß hatte Glück, keiner widersprach. Man blieb im Schankraum und belegte die beiden Tische am Fenster. Als Letzter tauchte Ewalt auf. Er wollte gerade hinauf zur Terrasse gehen, als ihn Fuß am Arm festhielt und raunte: „Bleib du lieber hier unten, dann haben wir alles im Blick."

Noch bevor sich Ewalt setzen konnte, trafen weitere Gäste ein. „Haben Sie reserviert?“, fragte Fuß, obwohl sie in der Straußwirtschaft grundsätzlich nicht reservierten.

Nachdem verneint wurde, lotste Fuß die Neuankömmlinge an den Stammtisch im überdachten Hof.

Renate hatte alle Hände voll zu tun. Durch kleine Schwätzchen mit den Gästen versuchte sie ihre Nervosität zu überspielen, blickte aber immer wieder in Richtung Eingangstür so oft sich die Gelegenheit ergab.

Fuß war inzwischen wieder hinauf auf die Terrasse gegangen, um mit Barsig zu sprechen.

„Ich muss jetzt auch andere Gäste hochschicken, unten ist fast alles besetzt und von unseren Leuten in jedem Raum mindestens einer.“

Barsig nickte. Fuß schaltete das Terrassenlicht ein und ging noch einmal hinunter zu Renate und seiner Frau.

„Egal wer jetzt kommt, er kann sitzen wo er will. Nur wenn der Schönling erscheint, versucht ihn auf die Terrasse zu locken.“

Noch bevor Erika etwas antworten konnte, hatte er die Küche schon wieder verlassen und sich auf den Weg nach oben gemacht.

Gegen zwanzig Uhr drohte die Straußwirtschaft aus allen Nähten zu platzen. Der Schönling war jedoch bisher nicht aufgetaucht. Hatte Renate Gespenster gesehen? Selbst Fuß hatte alle Hände mit echten Gästen auf der Terrasse zu tun, sodass er kaum noch Kontakt zu seinen Kollegen halten konnte.

Wie üblich, bei Einbruch der Dunkelheit, machte Fuß seine Runde durch die Straußwirtschaft, zündete auf den Tischen die Kerzen an und wechselte mit jedem der Gäste ein paar freundliche Worte. Zu Schäfer und Liane hatten sich zwei ältere Herrschaften gesetzt, die die beiden offensichtlich für ein Liebespaar hielten, obwohl der Altersunterschied eher auf Vater und Tochter hingedeutet hätte. Aber Schäfer und Liane spielten ihre Rolle überzeugend gut.

„Darf es noch etwas zu trinken sein?“, erkundigte sich Fuß und machte einen schnellen Schritt zur Seite, um einer jungen Frau Einlass zu gewähren. „Gehen Sie gleich nach oben. Hier unten ist alles besetzt. Ich komme gleich nach.“

Das ältere Ehepaar bestellte nochmals zwei halbtrockene Schoppen Riesling. Schäfer winkte ab. „Muss noch Auto fahren!“ Aber Liane nutzte die Gelegenheit, heute Beifahrerin zu sein, und bestellte noch einen Kerner.

Gerade als Fuß sich umdrehen wollte, um die Bestellung an Renate weiterzugeben, die hier unten bediente, ertönte aus dem oberen Schankraum ein donnerndes „Halt!“, verschiedene Aufschreie und ein Poltern und Scheppern. Die junge Frau kam die Stufen in den unteren Bereich heruntergestürzt und trat den ahnungslosen Fuß mit einem Sprung in den Bauch, sodass dieser rückwärts flog und auf dem Tisch direkt neben der Tür landete. Die Frau riss die Tür auf und rannte auf die Straße. Im gleichen Moment tauchte Ewalt mit gezogener Pistole auf. „Das ist Gundula Lugner!“, brüllte er, stieg über Fuß, der inzwischen halb auf dem Boden lag und dadurch Schäfer und Liane an der Verfolgung hinderte. Zu allem Unglück tauchte in diesem Moment auch Erika oberhalb der Stufen auf und stieß einen entsetzlichen Schrei aus, als sie ihren Mann am Boden liegen sah. Sie wurde aber im gleichen Moment von vorbeistürmenden Zivilbeamten zur Seite gedrängt, die ebenfalls die Verfolgung der Frau aufnahmen.

Barsig der als Letzter auftauchte, nahm Erika tröstend in den Arm. „Nichts passiert. Die kriegen wir. Alken ist dicht gemacht." Dann stieg er die Stufen hinab und half Fuß beim Aufstehen. „Alles klar, alter Junge?"

Obwohl reichlich blass, lachte Fuß bereits wieder. „Unkraut vergeht nicht." Er richtete sich auf und brüllte laut: „Eine Runde für alle aufs Haus!"

Eine Viertelstunde später standen fast alle Gäste im oberen Schankraum um Barsig wie um einen Volksempfänger versammelt und verfolgten den Funkkontakt zwischen dem BKA-Mann und dem SEK. Dabei war es mucksmäuschenstill im Raum. Renate schlich zwischendurch immer wieder mit vollem Tablett und Schoppen zwischen den Lauschenden hin und her und verteilte so die Hausrunde, die Fuß lautstark angekündigt hatte.

Gundula Lugner hatte zwar noch unbehelligt die Moseluferstraße erreicht, war dort aber sofort von Zivilbeamten in Empfang genommen worden. SEK-Beamte hatten schon vorher auf dem Busparkplatz am Ortsausgang von Alken einen Porsche mit Wiener Kennzeichen entdeckt und die richtigen Schlüsse gezogen. Etwa zehn Minuten nach der Festnahme von Gundula Lugner überquerte ein Mann im Laufschritt vom Moselufer kommend die Uferstraße in Höhe des Parkplatzes. Noch warteten die drei dort bereitstehenden SEK-Beamten ab, ob er den Porsche besteigen würde. Im gleichen Moment als er mit der Fernbedienung die Türen des Wagens öffnete, erhielten sie auch schon von der in einiger Entfernung stehenden Einsatzleitung den Befehl „Zugriff". Doch bevor sie den Parkplatz erreichten, setzte sich der Wagen bereits in Bewegung. Sofort eröffnete einer der SEK-Beamten das

Feuer und durchschoss die beiden Hinterreifen des Wagens. An der Ausfahrt des Parkplatzes musste der Mann aufgeben. Nicht nur, weil sein Wagen hinten auf den Felgen fuhr, sondern weil inzwischen sowohl vom Nachbarort Oberfell als auch aus Richtung Alken etliche Wagen mit Blaulicht ein Weiterfahren unmöglich machten. Mit erhobenen Händen stieg er aus dem Porsche und wurde sofort von zwei SEK-Beamten festgenommen.

Die Durchsage „Einsatz beendet, Festnahme erfolgt" löste in der Straußwirtschaft großen Jubel aus. Selbst Erika, die immer noch einem Kreislaufkollaps nahe war, jubelte und umarmte jeden, den sie zu greifen bekam, dabei weinte sie hemmungslos.

Barsig und Fuß hatten sich nach der Bestätigung der Festnahme an den kleinen Tisch auf die Eltzer-Stühle gesetzt. Vor Barsig stand eine Flasche Mineralwasser, vor Fuß eine Flasche Rosé und ein großes Glas Moseltrester.

8.

Erst am Morgen erfuhr die Soko von dem Chaos, das sich nach ihrem unerwartet plötzlichen Aufbruch am Vortag im Polizeipräsidium abgespielt hatte. Als die beiden Pressesprecher Schomisch und Zirfas den aktuellen Stand der Ermittlungen einholen wollten, erfuhren sie von den Kollegen auf der Etage, dass die gesamte Soko fluchtartig das Präsidium verlassen hatte.

Deshalb formulierten die beiden in der Hoffnung, der Wahrheit einigermaßen nahe zu kommen für den Polizeipräsidenten das kurze Statement: *Zum aktuellen Ermittlungs-*

stand kann ich Ihnen nur mitteilen, dass gerade jetzt im Moment ein Polizeieinsatz stattfindet, über den ich aus ermittlungstechnischen Gründen – das werden Sie verstehen – nichts sagen kann. Warten Sie also bitte die Mitteilung ab, die Ihnen schnellstmöglich seitens unserer Presseabteilung zugehen wird.

„Da haben wir wohl alle Glück gehabt!“, kommentierte Schomisch die Situation. „Wenn ihr gestern die beiden nicht festgenommen hättet, würden der Präsident und ihr jetzt ganz schön alt ausschauen. Es wird natürlich eine neue Pressekonferenz geben, aber damit wollen wir noch warten, bis mehr als die reine Festnahme zu verkünden ist.“

Fuß, der einen etwas schweren Kopf, resultierend aus einer Mischung Rosé und Moseltrester, hatte, winkte müde ab. Außerdem hatte ihn bereits um sieben Uhr *SWR*-Reporter Andreas Krisam aus dem Bett geholt und ihm für eine Liveschaltung zur *SWR1*-Sendung *Guten Morgen Rheinland-Pfalz* mit Michael Lueg ein Mikrofon unter die Nase gehalten. „Lasst uns wirklich noch ein paar Stunden Zeit. Das Einzige, was wir bisher mit Sicherheit wissen, der Verhaftete heißt Anton Lugner, die Frau, die wir gefasst haben, ist seine Tochter und war unter ihrem jetzigen Namen McGloy bei der *BUGA*-Seilbahn tätig. Wir vermuten das Lugner der Drahtzieher ist und damit auch für die Morde verantwortlich.“

Die beiden Pressesprecher strahlten. „Na, da haben wir doch schon etwas“, meinte Zirfas. „Macht weiter so!“

Gegen Mittag rief erneut Nada Kovac an. Sie teilte mit, dass Frau Haneche wieder zurück nach Pristina fahren werde und wollte wissen, ob seitens der Kriminalpolizei etwas dagegenspreche.

Liane, die das Telefonat entgegengenommen hatte, mochte diese Frage nicht beantworten und bat die Dolmetscherin, sich nach der Mittagspause noch einmal zu melden.

Als sie aufgelegt hatte, klingelte das Telefon sofort wieder. Es meldete sich die Pforte. Ein Herr Hoffmann wolle dringend einen der Kommissare der *Soko Blütenpracht* sprechen. Bei dem Namen Hoffmann durchzuckte es Lianes ganzen Körper. Sollte es sich um den gesuchten Michael Hoffmann handeln?

„Ich komme runter!“

Sie überlegte, ob sie die Information in die Kantine weitergeben sollte, wo sich Fuß und die anderen Kommissare gerade auf eine Tasse Kaffee aufhielten. Nein, sie wollte erst sicher sein, dass es sich um den gesuchten und zur Fahndung ausgeschriebenen Michael Hoffmann handelte. Nach außen selbstbewusst, innerlich jedoch äußerst unsicher und angespannt, machte sie sich auf den Weg nach unten.

Schon von ferne durch die Glastür am Ende des Flurs konnte sie Hoffmann sehen und ihre Selbstsicherheit wuchs von Schritt zu Schritt. Der Mann trug ein babyrosa Jackett mit einem lindgrünen Einstecktuch, dazu eine sattrote Jeans und erweckte in ihr die Erinnerung an einen Clown, der sie als Kind, als sie wegen einer Blinddarm-OP im Krankenhaus lag, am Krankenbett besucht hatte, um sie aufzumuntern. Nur mit großer Mühe konnte sie sich das Lachen verkneifen.

„Herr Michael Hoffmann?“, fragte sie und versuchte ihrer Stimme einen möglichst sachlichen und distanzierten Klang zu geben.

„In voller Größe!“

Liane drehte sich rasch um und täuschte ein Niesen vor, sonst hätte sie losplatzen müssen vor Lachen. „Folgen Sie mir, bitte!“ Sie warf einen kurzen Blick über die Schulter und sah, dass Hoffmann tatsächlich hinter ihr herkam. Bis zum Aufzug musste sie sich wieder gefangen haben, sagte sie sich und bemühte sich, an etwas ganz anderes zu denken. Zum Glück stand vor einer der Aufzugtüren ein Kollege, dem sie im Präsidium schon öfter begegnet war. Ihre Augen klammerten sich sofort an ihn. „Schönes Wetter heute.“

Der Kollege, offenbar mit den Gedanken ganz woanders, nickte nur und schien nicht gewillt, in ein Gespräch einzusteigen. Also blieb ihr nichts anderes übrig, als sich wieder Hoffmann zuzuwenden, der inzwischen hinter ihr stand und mit ihr auf den Aufzug wartete.

Liane blickte krampfhaft an ihm vorbei und suchte etwas, woran sich ihr Blick festhalten konnte. „Sie stellen sich freiwillig?“

„Stellen ...?“

„Sie wissen also nicht, dass Sie zur Fahndung ausgeschrieben sind?“

„Mein Gott, nein. Ich komme aus freien Stücken und ...“ Weiter kam er nicht. Die Aufzugtür öffnete sich und einige eilige Fahrgäste zwängten sich zwischen Liane und Hoffmann aus dem Fahrstuhl heraus.

Nachdem sich die Tür geschlossen und der Aufzug in Bewegung gesetzt hatte, überlegte Liane, ob sie das Gespräch fortführen solle. Als sie jedoch sah, wie plötzlich ihr mitfahrender Kollege, inzwischen aus seinen Gedanken aufgetaucht, den Besuch musterte und sich ebenfalls kaum das Lachen verkneifen konnte, schwieg sie lieber und starrte auf die Etagenanzeige.

Sie führte Hoffmann auf direktem Weg in den Besprechungsraum, den die Soko in den letzten Tagen benutzt hatte und bat ihn, dort zu warten. Ein Telefonat in die Kantine war nicht nötig, denn die Kommissare kamen ihr im gleichen Moment den Gang entgegen.

Liane legte den Finger auf den Mund und sagte leise: „Sie werden es nicht glauben, aber Hoffmann ist gekommen, freiwillig“, und deutete in Richtung Besprechungsraum.

„Na, dann mal los“, freute sich Fuß und eilte allen voran.

Es dauerte eine Weile bis alle Platz genommen hatten. Auch den Männern war deutlich anzusehen, dass sich jeder seine entsprechenden Gedanken zu Hoffmanns Kleidung machte. Trotzdem bemühten sich alle, die zwangsläufig anstehende Befragung so sachlich wie möglich anzugehen.

Nachdem die Personalien aufgenommen waren, stellte Fuß die erste Frage. „Herr Hoffmann, abgesehen davon, dass es hinreichende Gründe gegeben hat, Sie zur Fahndung auszuschreiben, würde ich zunächst einmal gerne wissen, weshalb Sie heute hier ins Polizeipräsidium gekommen sind.“

Hoffmann machte eine leichte Verbeugung, wobei niemand wusste, weshalb, und schob dann sein offenes Haar hinter die Ohren. „Ich habe vor geraumer Zeit einen großen Fehler gemacht, der mich in eine ... na, sagen wir ... unangenehme Situation gebracht hat.“

„Und die wäre?“, versuchte Barsig die sich anbahnenden Ausschweifungen abzukürzen.

Hoffmann warf Barsig einen enttäuschten Blick zu und versuchte sich auf das Wesentliche zu beschränken. „Nun, nachdem ich für die *BUGA* den Auftrag übernommen hatte, tauchte eines Tages ein Wiener Geschäftsmann ...“

„Ilja Sagkra!“, schnitt ihm Barsig ein zweites Mal das Wort ab und goss sich ein Glas Mineralwasser ein.

Hoffmann nickte beleidigt, fuhr aber sogleich fort. „Er bot mir eine größere Summe an, wenn ich es ihm ermöglichen würde, im Rahmen der *BUGA*-Baumaßnahmen auf dem Festungsgelände geologische Untersuchungen durchführen zu dürfen.“ Er warf einen vorsichtigen Blick zu Barsig, schluckte deutlich einige vorbereitete Ausführungen hinunter und kam damit erstaunlich schnell zum eigentlichen Thema zurück. „Nach einigen Gesprächen ... wir haben uns etwa fünf oder sechs Mal getroffen ... wurde mir dann klar, worum es ging. Sagkra vermutete, dass sich unter dem Gelände, auf dem die *BUGA* geplant war, alte Gänge der Festung befinden, die im Zweiten Weltkrieg der Bevölkerung zum Schutz bei Fliegerangriffen dienten und da soll es einen Gang gegeben haben, in dem wertvolle Kunstschätze sicher aufbewahrt wurden.“

„Wieso glaubte er das?“ Diesmal war es Fuß, der die Frage gestellt hatte und, die Arme vor der Brust verschränkt, eher gelangweilt die Ausführungen Hoffmanns verfolgte.

„Sagkra hatte eine ganze Mappe voll mit historischem Material, angeblich eines Jesuiten-Paters, dessen Vater an der Einlagerung der Kunstschätze beteiligt gewesen sein soll. Das Problem war nur, es gab nur vage Hinweise darauf, wo sich dieser unterirdische Gang befinden sollte.“

„Wann war das alles?“, wollte Ewalt wissen.

„Anfang zweitausendzehn. Kurze Zeit später tauchte auch ein gewisser Haneche bei mir auf, offenbar von Sagkra geschickt. Ich solle ihm eine Arbeit auf dem Festungsgelände verschaffen. Ich konnte nur vermitteln, das tat ich auch ... mit Erfolg.“

„Hatten Sie zu diesem Zeitpunkt schon mit Haneche eine intimere Beziehung?“, erkundigte sich Hauptkommissar Fuß. Wer ihn kannte, konnte seinem Gesicht ein heimliches leichtes Grinsen ansehen.

Die Frage beleidigte Hoffmann nicht nur, fast wäre er sogar wütend vom Stuhl aufgesprungen, wie jeder sehen konnte. „Ich lebe seit einigen Jahren in einer festen Beziehung!“, stieß Hoffmann hervor und drehte sich demonstrativ von Fuß weg in die andere Richtung, wo Ewalt und Barsig saßen.

Deshalb übernahm auch Barsig die Fortführung des Gesprächs. „Sie haben sich aber mit Haneche getroffen, darüber besteht kein Zweifel. Das können wir Ihnen nachweisen.“

„Das bestreite ich auch nicht, immerhin hatte man mir für Hinweise und Informationen viel Geld geboten, das gebe ich zu. Haneche stellte mir dann eines Tages seine angebliche Freundin vor, eine gewisse Gundula. Erst im Laufe der Zeit erfuhr ich, dass Haneche neben dieser Frau auch einen Freund hatte, eine etwas lächerliche Figur.“

„Lugner?“

Jeder konnte sehen, wie Hoffmann bei der Nennung des Namens erschrak. „Ja, Lugner“, wiederholte er fast verängstigt flüsternd. „Erst viel später erkannte ich, dass Gundula nicht Haneches Freundin, sondern Lugners Tochter war, die mich und Haneche aushorchen sollte.“

„Nun kommen wir mal von dem Privat- und Intimleben zum geschäftlichen Teil“, versuchte Barsig wieder das Ziel der Befragung in den Mittelpunkt zu stellen.

„Als ich vom Mord an Haneche erfuhr, bin ich zunächst davon ausgegangen, dass er den geheimnisvollen unterirdischen Gang gefunden hatte und Sagkra, der nun alleine die Beute bergen wollte, die auffallend gekleidete Frau gewesen sei, die ihn umgebracht hatte. Deshalb ließ ich mich auch darauf ein, ihm und einigen anderen Männern nachts den Zutritt auf das Plateaugelände zu ermöglichen.“

Plötzlich schien Fuß Interesse an den Ausführungen zu gewinnen. Er richtete sich auf und seufzte mit einem positiven Unterton: „Jetzt kommen wir der Sache also allmählich näher. Weiter so!“

Hoffmann würdigte Fuß keines Blickes. „Die Aktion von Sagkra verlief bekanntlich erfolglos, obwohl er mir zuvor versichert hatte, die Stelle gefunden zu haben, wo sich der unterirdische Gang befindet. Sonst hätte ich mich nie darauf eingelassen.“ Hoffmann machte eine Pause, als erwartete er Fragen seitens der Kriminalbeamten. Als ihn weiterhin alle nur schweigend ansahen, räusperte er sich und machte eine etwas hilflose Handbewegung. „Ich wollte mit der ganzen Sache nichts mehr zu tun haben und sagte das auch Herrn Sagkra. Bei diesem Telefonat fiel auch zum ersten Mal der Name Lugner. Sagkra schien plötzlich große Angst vor diesem Mann zu haben. Bei diesem Gespräch packte er aus und warnte mich. Zum ersten Mal erfuhr ich, dass Sagkra und Lugner Geschäftspartner waren und Lugner die gesuchte mysteriöse Frau sei und schon lange ein intimes Verhältnis mit Haneche habe. Der Mord an seinem Freund beweise, dass Lugner zu allem fähig sei, um an sein Ziel zu kommen ...“

„Sie meinen, das Auffinden des unteririschen Ganges, wo angeblich Wertgegenstände ruhen?“, fragte Fuß.

Ohne sich ihm zuzuwenden, beantwortete Hoffmann trotzdem seine Frage. „Lugner schien von dem Gedanken besessen. Mitte der Achtzigerjahre muss er diesen Jesuiten in Österreich kennengelernt haben, wo dieser irgendwelche Lehrgänge abhielt, und dabei erfuhr Lugner von den Aktivitäten des Vater von Lothar Groppe, während des Zweiten Weltkriegs. Er muss bereits damals dem Jesuiten die Unterlagen gestohlen haben und war auch bereits in den folgenden Jahren mehrmals in Koblenz. Doch erst als er von den Plänen erfuhr, hier das *BUGA*-Gelände zu schaffen, sah er eine Chance im Rahmen der Baumaßnahmen auch den unterirdischen Gang zu finden. Lugner konnte offiziell aber nicht auftreten, da er international steckbrieflich gesucht wird, deshalb auch seine lächerliche Verkleidung, wenn er hier in der Öffentlichkeit auftrat. Sagkra amüsierte sich, dass es Pumps in großen Größen fast nur als High Heels gibt, weil diese eben für Männer in Frauenrollen angefertigt werden."

„Was hat Ihnen Sagkra sonst noch gesagt?", wurde Hoffmann von Barsig wieder zurück zum Thema geholt.

„Nun, er klärte mich auch über Gundula auf und warnte mich vor Lugner. Er wolle sich mit ihm treffen, um die ganze Sache abzubrechen, da Sagkra nicht mehr daran glaubte, jetzt während der *BUGA* etwas zu erreichen. Das war das Letzte, was ich von ihm gehört habe. Einen Tag später rief mich Lugner morgens im Büro an und sagte nur: 'Wenn du und Sagkra glaubt, ihr könnt mich linken, dann erinnert euch an Haneche!' Ich habe sofort mein Büro verlassen und bin in die Wohnung meines Freundes geflüchtet. Und als ich dann wenig später im Radio von Sagkras Ermordung hörte ..."

„Und jetzt sind Sie erleichtert, dass wir Lugner und seine Tochter gefasst haben?", resümierte Barsig.

Hoffmann schien froh über diese zutreffende Äußerung. Er zupfte sein lindgrünes Einstecktuch zurecht. „Ich bin auch bereit als Kronzeuge auszusagen, wenn sich das für mich positiv auswirkt und ich geschützt werde."

Der von Hoffmann erhoffte Haftbefehl konnte allerdings nicht realisiert werden, da er über einen festen Wohnsitz verfügte und ihm auch keine hinreichende Straftat angelastet werden konnte. Man versicherte ihm aber, vorerst soweit es möglich sei, seinen Namen aus allem herauszuhalten und riet ihm, bis auf Weiteres bei seinem Freund zu wohnen. Denn immerhin gab es in der Firma *Balusa* noch einen dritten Partner, der bislang nicht aufgetaucht war.

Das Vorgespräch zur Pressekonferenz am nächsten Tag fand noch am Nachmittag und im gleichen Besprechungsraum statt. Zur *Soko Blütenpracht*, den beiden Spusi-Kollegen Schäfer und Erasmus, sowie BKA-Mann Barsig hatten sich auch Schomisch und Zirfas gesellt. Sie brachten ein Fax mit, in dem sich der Oberbürgermeister Doktor Hofmann-Göttig für die schnelle und hervorragende Arbeit der *Soko Blütenpracht* bedankte.

„Man tut, was man kann!“, freute sich Ewalt.

Doch Fuß winkte ab. „Anders herum! Wir können, was wir tun ... stammt übrigens nicht von mir sondern von Leonard Bernstein!“

Barsig hatte über Mittag seine Kollegen darauf angesetzt, den historischen Hintergrund des Falls zu eruieren und auch Schäfer war es gelungen, anhand der Daten auf der inzwischen geknackten Festplatte von Sagkras Laptop, einiges dazu beizutragen.

„Es ist tatsächlich so, dass neunzehnhundertvierzig dieser Generalleutnant Theodor Groppe offenbar recht gute, um nicht zu sagen freundschaftliche Beziehungen zu dem Trierer Bischof Franz Rudolf Bornewasser und dem damaligen Domprobst Kaspar Kranz hatte. Beide müssen wohl Sorge um bestimmte Kirchenschätze gehabt und Groppe als hochrangigen Offizier um Rat und Hilfe gebeten haben. Gemeinsam kam man wohl aufgrund der Tatsache, dass bereits in der zweiten Hälfte des achtzehnten Jahrhunderts der Heilige Rock, das vermeintliche Gewand Jesus, mehrfach in den unsicheren Jahren der Franzosenkriege auf Ehrenbreitstein untergebracht war, auf die Idee, dass man nun auch so mit wertvollen Monstranzen, Kelchen, Reliquien und Gemälden verfahren könnte. Obwohl Groppe strenggläubiger Katholik war, hatte er wohl auch gute Kontakte zu Juden. Und so wanderten, wie später viele Koblenzer während Luftangriffen, bereits Jahre zuvor Wertgegenstände aus Kirchen, Klöstern und Synagogen in die unterirdischen Gänge der Festung."

„Sagkra hat offenbar, bevor er Hoffmann angeheuert hat, bereits in Koblenz nach einem Friedrich-Wilhelm Greif oder einem Nachfolger gesucht", ergänzte Schäfer. „Dieser Greif muss sich damals sehr gut in den Gängen unter der Festung ausgekannt und dem General geholfen haben, wobei offenbar, wenn die Unterlagen stimmen, sogar tatsächlich ein zusätzlicher Gang gegraben wurde, der ein Stück außerhalb der Festung führte, weil man glaubte, dort bessere klimatische Bedingungen für die Lagerung vor allem der Gemälde und Reliquien zu haben."

Fuß wurde ungeduldig und scharrte mit den Füßen auf dem Boden herum. „Müssen wir also davon ausgehen, dass jetzt, nach der Pressekonferenz jeder *BUGA*-Besucher, zum Schatzsucher wird?"

Barsig winkte lachend ab. „Beweise, dass alles inzwischen wieder an seinem alten Platz zu finden ist, haben wir zwar in der kurzen Zeit noch nicht finden können. Aber da der Generalleutnant Groppe Anfang der fünfziger Jahre nach Trier gezogen ist, weiterhin mit dem Domprobst bis zu seinem Tod ein enges freundschaftliche Verhältnis hatte und bei der Fronleichnamsprozession sogar neben dem Bischof unter dem Baldachin, dem sogenannten Himmel, mitgehen durfte, gehe ich davon aus, dass er ein ehrlicher Mann war. Außerdem erhielt er für sein Engagement für die katholische Kirche vom Papst das Komturkreuz des Gregoriusordens."

Fuß lehnte sich gähnend und entspannt in seinem Stuhl zurück. „Dann bin ich ja beruhigt, dass wir es neben den üblichen Kleinkriminellen jetzt während der *BUGA* nicht auch noch mit illegalen Schatzsuchern zu tun haben werden."

Die mitreißenden Faction-Romane von Heinz-Peter Baecker im Kontrast Verlag

ISBN 978-3-935286-08-4

ISBN 978-3-935286-39-8

ISBN 978-3-941200-02-9

ISBN 978-3-935286-42-8

Von Deutschlands Faction-Autor Nr. 1

www.kontrast-verlag.de

... und weitere, teils heitere Bücher von Heinz-Peter Baecker im Kontrast Verlag

ISBN 978-3-935286-21-3

ISBN 978-3-935286-04-6

ISBN 978-3-935286-77-5

Krimi-Hörbuch:

ISBN 978-3-935286-90-9

Von Deutschlands Faction-Autor Nr. 1

www.kontrast-verlag.de

Spannende Hunsrück-Krimis von Heinz-Peter Baecker im Pandion Verlag

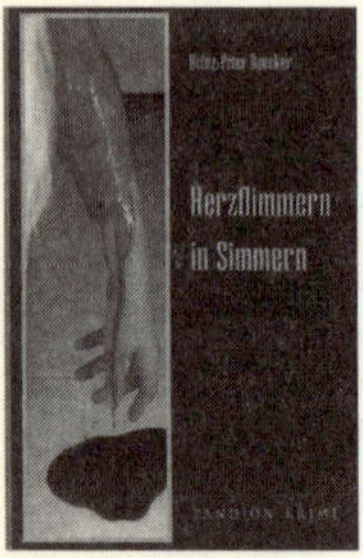

ISBN 978-3922929901

ISBN 978-3934524064

ISBN 978-3934524194

ISBN 978-3934524279

ISBN 978-3934524309

ISBN 978-3934524415

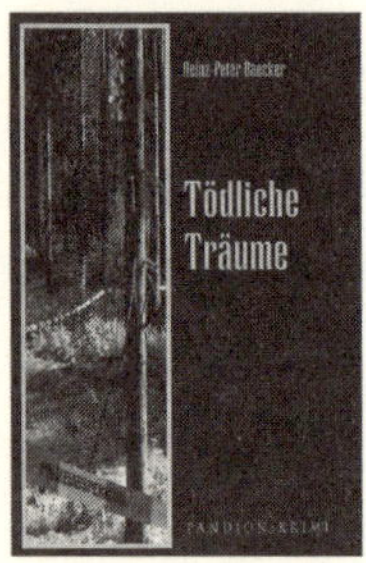

ISBN 978-3934524668

ISBN 978-3934524866

ISBN 978-3934524941

ISBN 978-3869110172

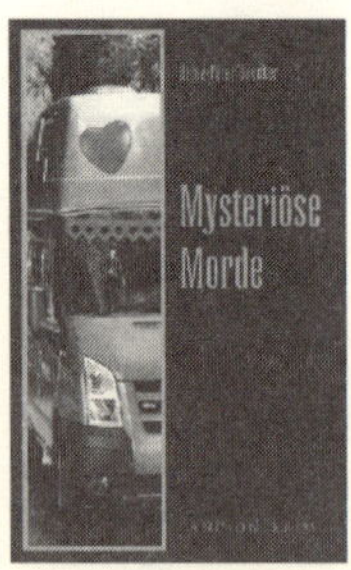

ISBN 978-3869110233

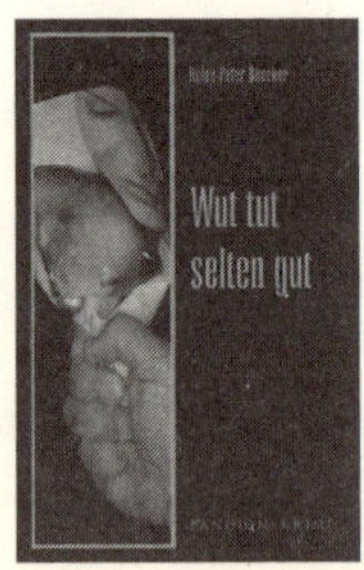

ISBN 978-3869110332

Die *Kult*-Krimis mit Kommissar Fuß!

www.pandion-verlag.de